Leblos im
Schnalser Stausee

eine Kriminalgeschichte

von

KhBeyer

aus der Reihe

Der Saisonkoch

unter

dersaisonkoch.com
oder
dersaisonkoch.blog

Vorwort

Alle Namen, Personen, Hotels
und Handlungen
sind von mir
frei erfunden.
Zu den Namen:
Die Namen habe ich aus
den jeweiligen Einträgen in
der Wikipedia entnommen.
Die Südtiroler Vornamen
stammen aus der Landesveröffentlichung
"Vornamen in Südtirol" von 2017
Irgend welche Übereinstimmungen
sind reiner Zufall und
garantiert nicht
gewollt.
Die Handlung habe ich lediglich
nach persönlichen Wahrnehmungen
konstruiert.
Darin könnte etwas Wahrheit liegen.

KhBeyer

Der Fund

Wie üblich, fährt Andreas am Montagmorgen zum
Schnalser Stausee. Im Tal ist zu dieser Zeit eher der
Gegenverkehr in Richtung Meran und Schlanders
unterwegs. Andreas kann locker und gemütlich
fahren. Der erste Weg führt ihn in die Tankstelle in
Pifrol, wo er viele seiner Kollegen und Freunde beim
Frühstück trifft. Für Gewöhnlich isst er dort ein großes
Panini mit Schnalser Speck und Käse. Die Brötchen
der örtlichen Bäckerei mag er besonders. Er will sie
nicht gegen irgendwelche Panini anderer Bäckereien
tauschen. Die hier, sind einfach eine Wucht und
wirklich jeden Cent wert. Den Blick in die Zeitung kann
sich Andreas sparen. Die mündlichen Nachrichten der
Bewohner des Tales sind tausend Mal überzeugender
und wesentlich aktueller als die aus den Medien der
Landeshauptstadt.
Um diese Zeit ist es am Stausee etwas frisch. Andreas
lässt sich einen keinen Schuss in den Kaffee geben.
Das morgendliche Frostgefühl lässt umgehend nach.
Nach dem Blick auf die Uhr, entschließt sich Andreas,
los zu fahren.
Die Wirtschaft an der Staumauer hat noch nicht
geöffnet. Es stehen schon ein paar Autos auf dem
Parkplatz. Sicher die von Anglern oder vom
Hotelpersonal der Umgebung.
Andreas läuft auf die Mauer. Das gehört zu seinem
Kontrollgang. Im Wasser sieht er einen Gegenstand,

der nicht ganz an der Oberfläche schwimmt. Zuerst denkt er, es wäre ein Baumstamm. Dunkel und länglich. 'Hat Jemand einen Stamm vom Holzschnitt in Wasser geschmissen?', denkt er sich. Oberhalb vom See, haben Bauern, Holz in ein und zwei Meter Stücke geschnitten. Wahrscheinlich lässt es sich so besser transportieren. Ein Stück könnte weg gerollt sein. Das Gelände dort ist stellenweise sehr abfallend. Andreas holt sich einen Haken. Er möchte das Stück Holz an Land ziehen. Kaum hat der Haken den Kontakt mit dem vermeintlichen Stück Holz, muss Andreas feststellen, es ist ein Mensch. Zuerst denkt Andreas an seine Nachbarn. Die haben in den Tagen Holz geschnitten. Er glaubt an einen Unfall. Seine Wunde am Hinterkopf, die Holzsplitter im Kopf, lassen ihn das vermuten.

In der Tankstelle war aber keine Rede davon. Auch keine Rede von einem Unfall in der Nachbarschaft. Andreas ruft den Notdienst an. Mehr möchte er erst mal nicht tun. Er glaubt nicht daran, hier ließe sich Etwas retten. Nach dreißig Minuten kommt schon die Rettung. Die kommen nicht allein.

Die Carabinieri des Ortes haben es nicht weit. Sie sind auch gleich da und sperren die Gegend ab. Sogar die Straße. Die Carabinieri kennen Andreas. "Für das Protokoll müssen wir trotzdem die Fragen stellen", sagt Silvio, der Carabinieri.

Andreas wohnt in Katharinaberg, kommt aber von weiter Hinten aus Weithal. Er arbeitet bei dem

Energieunternehmen und ist eigentlich dankbar dafür. Im Tal gibt es sonst sehr wenige Arbeitsstellen, die ihn interessieren würden. Seine Familie hat ein paar Kühe und weiter oben, in Kurzras, eine kleinere Schafherde. Die Schafherde betreut ein Freund mit, der eine etwas größere Herde besitzt. Gelegentlich geht der Freund mit der Herde auf einen Almtrieb. Andreas Eltern haben damit wenig zu tun.

Andreas hat eigentlich Elektriker gelernt. In seinem Unternehmen, einem Energieunternehmen, ist das schon fast eine Grundbedingung. Der Zuverdienst für die Familie ist trotz diverser Förderungen, notwendig. Viele Bauern gehen nebenbei noch etwas dazu verdienen.

Die Kontrollgänge kommen ihm recht gelegen. Der Dienst in der Werkstatt ist fast schon etwas eintönig. Die frische Luft und die recht frühe Sonne am Stausee, empfindet er als gute Abwechslung.

Eine Frau hat Andreas noch nicht gefunden. Gelegentlich trifft er eine Freundin. Agnes, heißt die Gute. Agnes ist eine Friseuse. Sie hat einen eigenen Salon und ist dort Pächterin. Agnes Familie sind auch Bauern. Sie haben Kühe und liefern Milch.

Zur Befragung kommt pünktlich Marco. Etwas später gesellt sich Toni dazu. Toni kommt wie immer, mit dem Motorrad. Marco ist mit seinem neuen Auto unterwegs. Ein recht sportliches aussehendes Gerät aus Schweden. Toni schleicht um das Auto, um es zu begutachten. Es folgt der Blick auf den Tacho und das Armaturenbrett. "Kompliment, mein Guter!"

Mit den Haken haben die Carabinieri bereits das Opfer auf die Staumauer gezogen. Ein männliches Opfer, stellen sie fest. Das Wasser ist recht warm für die erste Oktoberwoche. Der Tote ist entsprechend aufgequollen. Ins Protokoll schreiben sie auch von den Holzsplittern im Kopf.

Die zwei Kommissare durchsuchen zuerst die Taschen. Sie finden ein Portemonnaie, Papiere, mehrere Taschenmesser, einen Multi - Schraubenschlüssel, einen Multi - Schraubendreher und ein Campingbesteck. Sie packen Alles ein. "Das geht ins Labor", sagt Toni. Toni bestätigt die Kopfverletzung. Ein abgebrochener Ast, hat dem Opfer die Schädeldecke durchbohrt.

Die Sanitäter verpacken das Opfer und verladen ihn in ein Auto.

Auf dem Parkplatz vor der Staumauer versammeln sich schon reichlich Gaffer. Sie fotografieren. Die Carabinieri möchten das nicht. Es gibt Streit. Die Carabinieri wenden ein ganz einfaches Mittel an, um den Streit zu beenden. Sie reden ab jetzt nur noch Italienisch. Schon haben sich die Schaulustigen aufgelöst, bis auf ein paar italienische Landsleute. Die haben Respekt und folgen den Anweisungen der Carabinieri.

Inzwischen hat das Cafe mit dem Imbiss geöffnet. Die Gastwirtsfamilie freut sich über die Masse an

Besuchern um diese Zeit. Bisweilen müssen sie, die nicht konsumierenden Schaulustigen, zu etwas Konsum animieren. "Was wünschen sie? Der Platz ist für unsere Gäste reserviert." An der Theke amüsieren sich die Wirtsleute. "Ein Kaffee für vier Personen." Die beste Methode, den Konsum etwas anzuregen, ist, eine Kanne Wasser zum Kaffee zu servieren. Einen Euro, dürfte der zusätzliche Service, Wert sein. Die Gäste tuscheln hinter dem Rücken der Wirtsleute. "Eine Schande! Leitungswasser für einen Euro. Das gibt es ja in Flaschen billiger."

"Aber nicht aus polierten Gläsern, die Dame", antwortet die Tochter des Gastwirtes.

"Der Kaffee schmeckt mir auch nicht!"

"Der kostet aber trotzdem zwei Euro sechzig", gibt die Kellnerin zum Besten.

"Die Unterhaltung dazu, ist im Preis inbegriffen", ruft der Chef von Hinten.

Toni nutzt sein Motorrad, um den See zu umfahren. Vielleicht steht ein verlassenes Fahrzeug da. Mit dem Handy fotografiert er sämtliche Fahrzeuge, die er am See findet. Auch die auf den Parkplätzen. Es sind immerhin, fast dreißig Autos. Er sucht Zeugen. Einige spazieren im Wald und am See. Andere angeln. Er fragt die Leute, ob sie irgend Etwas bemerkt haben. Die meisten antworten, sie wären gerade erst gekommen. Bei den Anglern sieht das etwas anders aus. Zwei sind schon einige Stunden vor Ort. Einer stellt sich etwas mürrisch als Markus vor. Er kommt aus Naturns. Joseph ist der zweite Angler. Er kommt aus Karthaus. Also, aus dem Tal. Während aus Markus kaum ein Wort heraus zu bekommen ist, wirkt Joseph etwas gesprächiger. Joseph hat aber auch schon reichlich am Brustwärmer genascht. Er bietet Toni einen Schluck an. "Selbst gebrannt."

"Ich kann jetzt nichts trinken, Danke."

Auf die Frage, ob er etwas gehört oder gesehen hat, antwortet Joseph: "Etwas schon. Ein Plätschern."

"Wann hast du das gehört"

"So geschätzt, gegen Vier."

"Ich notiere mir das mal kurz. Halte Dich bitte zur Verfügung."

Joseph gibt ihm seine Telefonnummer. Toni reicht ihm seine Karte. Markus gibt er auch eine Karte. "Wenn dir etwas einfällt, ruf mich an."

Soviel Toni weiß, wird der Stausee von Vernagt, mit Fischen zum Angeln besetzt. Neben Saiblingen, werden verschiedene Forellenarten ausgebracht. Mit dem Tageslicht entsteht im See eine Farbe, die etwas an Türkis erinnert. Wäre Toni ein Geologe, würde er hier Kupfer vermuten. Die Farbe gibt es in vielen Seen in Südtirol und im Trentino.

"Kann das Plätschern auch von Fischen verursacht worden sein?", hakt er im Gehen bei Joseph nach.

"Wenn, dann von einer Riesenforelle", antwortet Joseph. "So eine hätte ich gern mal an der Angel."

Markus lacht über die Bemerkung. Er hatte im letzten Jahr den größten Fang.

Bei der weiteren Suche um den See, bemerkt Toni viele italienische Touristen. Sie fotografieren und schauen nebenbei nach ein paar Pilzen. Um den See werden reichlich Pilze vermutet. Weniger Steinpilze, dafür aber reichlich Butterpilze und Goldschwammerln. Um den Stausee stehen reichlich Lärchen. Die wirken wie Magnete auf Pilzsammler. Die Leute, die Toni trifft, fragt er, wann sie gekommen sind. Er stellt sich als Kommissar vor. Sonst würde er wohl keine Antwort bekommen. Die meisten Besucher sind Gäste in einem der Hotels des Tales. Das Gros kommt aus Kurzras unterhalb des Schnalser Gletschers.

Marco geht indes in Vernagt nach Zeugen suchen. Die Leute wirken teilweise etwas verschlossen. Die Begrüßung ist aber stets herzlich und einladend. Die Schäferfamilien sind seit vierzehn Tagen vom Schafübertrieb zurück. Das ist eine recht spektakuläre Veranstaltung im Schnalstal. Der Übertrieb gibt reichlich Nachbearbeitung zu Hause. Die Schlachtung der Tiere, die über Winter nicht versorgt werden können, ist angesagt.

Im ganzen Ort riecht es gegen Mittag nach Schöpsernem.

Im Zusammenhang mit den Feierlichkeiten oder dem Übertrieb, wurden keine Opfer gemeldet. Man ist vollzählig im Ort und im Tal.

Marco ruft Toni an und sagt, er fährt jetzt wieder ins Büro. Die, beim Opfer gefundenen Sachen, müssen bestimmt werden. Toni sagt, er bleibt noch etwas. Er möchte noch oberhalb des Sees Befragungen durchführen.

Am See ist Alles erledigt und Toni fährt mit dem Motorrad in Richtung Kurzras. An den Gasthöfen hält er an und befragt die Besucher der Stammtische und die Wirtsleute.

In einem großen Hotel in Kurzras geht Toni an die Rezeption. Dort trägt er sein Anliegen vor. Der Manager, ein italienischer Landsmann, empfängt ihn. Bei der Befragung stellt sich heraus, einige Mitarbeiter sind abkömmlich. Silvio, der Manager, findet das aber normal in seinem Betrieb. Toni verlangt die Liste der Mitarbeiter, die fehlen. Silvio lässt sie ihm zusammen stellen.

Eine Sekretärin mit einem Kurzen Schwarzen bekleidet, bringt ihm die Liste. Sie läuft wie auf einem Laufsteg. Silvio lächelt sie an. Toni denkt sich seinen Teil.

Toni studiert die Liste gleich vor Ort. Vielleicht entdeckt er Anhaltspunkte. Die Sekretärin schmiert noch etwas um den Schreibtisch und macht einladende, bewusst ungeschickte Bewegungen.

"Darf ich noch Etwas bringen?"

Silvio fragt umgehend, ob Toni einen Kaffee oder Tee möchte.

"Einen doppelten Macciato bitte."

Auf der Liste sind einige Gastarbeiter eingetragen. Ungarn, Polen, Slowaken und, man staune, Italiener aus Kalabrien. Toni muss die Daten mitnehmen und mit den Papieren bei Marco vergleichen.

Auf dem Weg zurück spürt Toni mit dem Motorrad, die Außenseite ist oberhalb der Viadukte, ziemlich gefährlich. Der Abgrund hinter der kurzen Mauer am Straßenaußenrand, kurz vor Juval, scheint hundert Meter tief zu sein. Ein nachlässiger Fahrer im Gegenverkehr, der üblicherweise die Kurve, Spur übergreifend - ausholend anfährt, kann dort für einen kostenlosen Flugunterricht sorgen. Ein Linienbus im Gegenverkehr reicht für einen Freiflug. Es gilt, vorhandene Spiegel gut zu beobachten. Bei Regen, der dort nicht selten ist, kann das ziemlich problematisch sein.

Unten angekommen, herrscht schon wieder Stau. Und das schon vor Naturns. Zu dieser Tageszeit. Toni schüttelt den Kopf. Er wird bei Naturns abbiegen. Vielleicht fährt er durch die Apfelplantagen. Mit dem Motorrad geht das bei achtsamer Fahrt.

Nach Naturns ist von dem Stau nichts mehr zu sehen. Toni vermutet einen Unfall im Tunnel.

Kaum ist er in Meran angekommen, trifft er auch Marco. Marco ist schon vor ihm aufgebrochen. Die gefundenen Sachen geben sie der Spurensicherung. Im Büro überlegen sich die Zwei, wie sie weiter vorgehen.

Heute ist erst einmal Feierabend. Toni fragt Marco, ob er nicht mal mit seiner Veronika auf die Hütte kommen möchte. Matteo, der Sohn, würde sich garantiert darüber freuen. "Immer in der Stadt. Das ist kein Auskommen."

"Höchstens am Wochenende", ist die trockene Antwort Marcos. "Unter der Woche hat Veronika einfach zu viel zu tun."

"Arbeitet sie noch bei der Gewerkschaft?"

"Ja, sicher. Es gibt viel Arbeit bei ihnen, weil die höher liegenden Betriebe schon die Saison beendet haben."

Marco nimmt sich seine Notizen mit und fährt nach Hause.

Monika wartet schon. Sie war bei ihren Eltern.

"Diese Woche haben wir viel zu tun. Papa ist krank."

"Wünsch ihm Gute Besserung von mir. Hast du gleich etwas zu Essen mitgebracht?"

Toni bemerkt zwei große gegrillte Koteletts, eingepackt in Alufolie.

Monika hat ihm ein Bier mitgebracht. Toni trinkt selten Bier und nur wirklich süßen Wein. Das saure Zeug schmeckt ihm nicht. Egal, unter welchem Pseudonamen das verkauft wird. Trocken, extra trocken oder furztrocken. Monika ahnte das. Sie hat Marsala und Vino Santo ein getan. Toni gratuliert ihr zu dieser Wahl. Bei Bier bevorzugt Toni alkoholfreies. Zum Glück bieten das jetzt auch Südtiroler Brauereien.

Monika ist zufrieden mit ihrem Mann. Der säuft nicht. Und kochen kann der auch noch. Da würde eigentlich nur Eins fehlen. Ausgerechnet das, kann er auch. Ein glücklicher Griff.

Nach dem Abendessen schauen sich die Zwei die Notizen an, die Toni gemacht hat. Monika denkt, das Opfer ist ein Saisonarbeiter. Toni denkt das Gleiche. Es gibt, bis auf drei Bergsteiger, keine Vermisstenanzeigen. Die Bergsteiger werden im Ortlergebiet vermisst. Seit zwei Tagen fliegt die Bergrettung regelmäßig Streife. Bisher gibt es keine Funde.

Das Wetter heute ist sehr ruhig. Die Abendsonne zeigt sich nur mit einem gelbroten Rand hinter den Bergen. Marco ruft noch einmal an. "Morgen bekommen wir schon die Daten. Gute Nacht."

Am Morgen fahren die Zwei zur Arbeit. Moni in die Boxerhütte und Toni nach Meran. Für den Weg zur Boxerhütte nutzt Monika neuerdings ein Quad. Ein Elektroquad. Toni hört sie gar nicht bei ihrer Abfahrt. Er nimmt sich vor, in den kommenden Tagen das Teil mal zu probieren. Es sieht recht wuchtig aus.

Das Laub auf der Straße in die Töll ist noch etwas feucht. Toni fährt wie auf Eiern. Er nimmt sich vor, unten in Rabland einen Garagenplatz für sein Motorrad zu suchen. So kann er mit der Seilbahn fahren. Mit dem Auto nach Meran zu fahren, kostet einfach zu viel Zeit. Das Gleiche gilt auch für die Bahn oder gar für das Fahrrad. Ein Elektroquad gänge vielleicht. Nur, mit dem stünde er auch im Stau. Und ob dafür die Batterie reicht? Das bezweifelt Toni zu Recht. 'Das Motorrad ist und bleibt das Beste', denkt er sich.

Kaum ist er im Büro, kommt schon eine Kollegin und bringt die Daten der Proben. Das Opfer ist tatsächlich ein Saisonarbeiter. Er heißt Soltan und ist ein Ungar. Den Papieren nach, arbeitet er schon viele Jahre in Südtirol. In Dorf Tirol, in Schenna und in Meran. Toni steht ein hartes Programm bevor.

Zuerst geht er auf das Arbeitsamt, um zu erfahren, wo Soltan überall gearbeitet hat. Die einzelnen Betriebe müssen abgeklappert werden. Vielleicht gibt es Zeugen und Aussagen. Hat Soltan eine Freundin oder Frau? Gibt es eine Familie bei ihm zu Hause?

Das Amt hat fast alle Daten von Soltan. Marco gibt seiner Veronika die Daten. Veronika sucht in den Unterlagen der Gewerkschaft. Volltreffer. Die Gewerkschaft hat mehr Unterlagen als das Arbeitsamt. Jetzt gilt es nur noch zu erfahren, was Soltan ausgerechnet am Stausee wollte.

Den Unterlagen nach, kommt Soltan vom Plattensee. Balaton. Aus Balatonfüred. Toni kann sich erinnern. Er war dort schon mal drei Tage. 'Wieso arbeiten die Ungarn vom Balaton ausgerechnet hier?', fragt er sich. 'Die haben dort doch auch Saison.' Er kann sich das nicht so richtig erklären.

Vielleicht wollte er sich zu Hause ein Geschäft aufbauen. Das Geld dafür, konnte er sich hier verdienen.

Jetzt gilt es, heraus zu finden, ob eventuell Angehörige da sind. Toni ist sich sicher, Angehörige zu finden.

Zunächst nimmt er telefonischen Kontakt mit den dortigen Behörden auf. Zu seiner Überraschung, sprechen die sehr gut Deutsch. Offensichtlich sind deutsche Touristen deren Haupttouristen. Österreicher und Schweizer sprechen ja auch deutsch. Er ist überrascht von den guten Sprachkenntnissen. Es gibt eine Familie von Soltan. Eine Frau, ein Kind und beide Eltern nebst Schwiegereltern. Toni überlegt, wie er dieser Familie die traurige Nachricht übermitteln kann. 'Sage ich es kurz oder hole ich weit aus? Sage ich es dem Amt?'

Toni will es persönlich tun. Das Amt zu Hause bei Soltan gibt ihm die Adresse und die Telefonnummer. Die schlechte Nachricht per Telefon zu übermitteln, kommt Toni etwas unpersönlich vor. Er entscheidet sich, die Nachricht über die ungarischen Kollegen mitteilen zu lassen. Die Angehörigen müssen noch zur Identifikation kommen. Das Land bezahlt die Anreise.

Der Tag ist schnell vorüber. Die Kontakte nach Ungarn waren sehr zeitintensiv. Toni will aber noch die letzte Arbeitsstelle heraus bekommen. Und siehe da, Soltan hat bei Silvio gearbeitet. In dem Hotelklotz in Kurzras. Alpenrast. Der Komplex wirkt wie aus einem Stück. Restaurants, Geschäfte, Dienstleistungen. Alles in einem Komplex. Gegenüber geht die Seilbahn hinauf zum Gletscherhotel. Unten ist alles grün und Oben, fährt man Ski. Traumhaft.

Die Ermittlung

Toni meldet sich bei Silvio an. Er möchte das Personalzimmer von Soltan sehen.

"Jetzt muss ich wieder ins Schnalstal", sagt er zu Marco am Telefon.

"Soll ich mit suchen?"

"Das kannst du schon. Wir müssen schnell sein, bevor irgend Jemand das Zimmer zu stark verändert."

"Ich rufe Silvio an, er soll das Zimmer versiegeln."

"Hab ich schon getan."

"Wir treffen uns dort."

Toni fährt mit dem Motorrad. Das Wetter ist etwas wechselhaft. Der Himmel sieht nicht besonders einladend aus. Toni packt die Regenkombi mit ein. Bis nach Kurzras hinauf bleibt es trocken. Es scheint sich etwas auf zuziehen.

An der Rezeption wartet Silvio bereits. Er hat Sorgenfalten auf der Stirn. Ganz ruhig sagt er zu Toni: "Hoffentlich merken unsere Gäste nichts."

Die Sekretärin bringt wieder den Kaffee. Heute trägt sie Hosen. Die trägt sie so eng, wie eine zweite Haut. Ihr Schambereich ist bildhaft in die Hose gedruckt.

"Ist sie schon mal sexuell belästigt worden?", fragt Toni, Silvio. "Ich hab fast den Verdacht, sie will das."

"Beklagen kann die sich aber nicht bei dem Auftritt. Das wäre damit vergleichbar, als würde ich Hosen aus Frischhaltefolie tragen."

"Du Scherzbold. In der Saison sind alle mal in Not."

"In Dauernot oder gelegentlich?"
Marco kommt zu dem Gespräch. Er hört lieber etwas
weg. Ihn interessiert das wenig.
Beide gehen auf das Zimmer. Das Siegel ist
gebrochen. Es war Besuch da. Die Kollegen, welche
die Zwei treffen, wissen von nichts. "Vielleicht waren
es Gäste."
'Es gibt wieder keine Schuldigen', denkt sich Toni.
"Die glotzen überall rein. Auch in unsere Zimmer."
"Die Ausrede ist gut", sagt Marco zu einem
Angestellten.
"Wir brauchen von Allen die persönlichen Daten", fügt
er an.
Eigentlich stehen die unten in den Arbeitsverträgen.
Trotzdem will Marco das mit den Pässen abgleichen.
"Ich hab schon Pferde kotzen sehen", sagt er zu Toni.
Soltan hat auf dem Zimmer nicht allein geschlafen.
Der Kollege von Soltan arbeitet gerade. Er musste aus
dem Zimmer ausziehen. Das erklärt den Beiden das
kleine Durcheinander. Neben diversen Proben,
nehmen die Zwei Briefe, Notizen und Bilder mit. Sogar
das Handy liegt noch da.
"Der ist ohne Handy aus dem Haus gegangen?"
Toni notiert sich das.
Der Zimmerkollege von Soltan kommt. Er stellt sich
mit Petr vor. Marco schreibt sich Peter auf. Petr
berichtigt ihn und sagt. "Petr."
"Was ist der Unterschied?"
"Es wird wie Pjotr gesprochen."

"Ach so. Waren sie mit Soltan befreundet?"

"Wir arbeiten seit acht Jahren zusammen."

"Hier oder auch wo anders?"

"Hier in Südtirol. Im Pustertal, auf der Seiser Alm und auf dem Reschen."

"Gefällt es ihnen hier in Südtirol?"

"Die Landschaft etwas. Die Arbeit nicht."

"Was verdienen sie hier?"

"Mit a la carte und Kasse, etwa zweitausend fünfhundert. Ohne Kasse und a la carte, eintausend vierhundert."

"Und zu Hause? Was verdienen sie da?"

"Einhundert Euro weniger."

"Warum sind sie dann hier?"

"Weil ich im vergangenem Jahr, hier, Ja gesagt habe. Ich hatte auch ein paar Freunde hier. Damit ist gesagt, ich komme nächstes Jahr nicht mehr."

"Mein Beileid. Trotzdem müssen sie mir noch etwas zur Verfügung stehen wegen Soltan."

"Gerne."

"Hatte Soltan eine Freundin?"

"Zu Hause hat er keine. Ich spreche auch Ungarisch. Wir haben uns oft besucht."

"Und hier?"

"Schon. Mal Diese oder mal Jene. Zuletzt ging er scheinbar etwas fester mit Jolka."

"Jolka klingt aber nicht ungarisch."

"Jolka ist Polin. Sie ist, glaub ich, mit Darek verheiratet."

"Also, ist sie mit Soltan fremd gegangen."

"Das glaube nicht. Darek ist mein Oberkellner und Jolka die Barfrau. Ich glaube, Darek hatte nichts dagegen, wenn Jolka etwas dazu verdient."

"Er ist sozusagen, der Zuhälter."

"Das auch nicht. Darek braucht Kontakte. Er handelt auf dem Bauernmarkt auch mit gebrauchten Skiausrüstungen, Textilien, Fahrrädern und Kinderspielsachen aus dem Westen."

"Alles klar. Ich komme noch auf sie zu."

"Sie können ruhig du zu mir sagen."

"Ich bin Marco. Mein Kollege ist Toni. Seine Frau ist Monika."

"Danke Marco. Bis später."

Toni hat Darek zu sich rufen lassen. Das hat etwas gedauert. Darek leitet gerade das Nachfüllen des Buffets. Es gibt viele Beschwerden, weil das Buffet angeblich zu leer wäre. Dazu hat er gerade eine Auseinandersetzung mit einem Gast, der das Fünf-Minuten-Ei moniert.

"Sie sind hier auf fünfzehn hundert Meter Höhe. Da werden Fünf-Minute-Eier etwas weicher."

Der Disput geht ewig. Eine Serviererin muss Darek losreißen. Jetzt streitet sie mit dem Hotelgast.

"Sie bekommen doch die Frühstückseier inklusive."

Der Hotelgast stammelt, "ja, aber..."

"Das sind unsere Frühstückseier, die inklusive sind."

Der Gast hat das vermutlich begriffen. Er zieht kleinlaut vom Platz. Darek wundert sich, wie die

Kollegin das gemeistert hat. 'Die lasse ich jetzt immer meine Problemfälle klären' denkt er sich.

Marco schüttelt mit dem Kopf. Erst jetzt begreift er, mit welchen Leuten sich das Hotelpersonal befassen muss. Toni lacht. "Jetzt willst du kein Gastwirt mehr werden."

"Gott bewahre."

Darek kommt jetzt lächelnd. Die Frage, ob das Lächeln aufgesetzt ist oder nicht, stellt sich Toni jetzt nicht. Er bemerkt den rasanten Verfall der Freundlichkeit.

Darek wird ernster.

"Ist Soltan ein Freund gewesen von Ihnen?"

"Ich bin Darek."

"Ich Toni."

"Soltan ist gelegentlich mit Jolka ausgegangen."

"War dir das recht?"

"Schon."

"Jolka ist aber deine Frau; oder?"

"Ja. Aber ich arbeite, wenn sie frei hat und umgekehrt."

"Also geht es um Freizeit, Abwechslung und Spaß."

"Besser kann man es nicht sagen."

"Wo lebst du in Polen?"

"Im Gebiet Lublin - Bialystok."

"Hat deine Familie dort Besitz?"

"Sehr großen Besitz. Landwirtschaft."

"Und warum arbeitet ihr hier?"

"In Polen ist die Landwirtschaft seit der Europäischen Union kaputt gemacht worden. Wir können davon nicht leben."

"Herzliches Beileid."

"Danke."

"Wenn ich noch Fragen habe, treffen wir uns."

Toni denkt gerade an die Bauernfamilien in Europa. In Polen und der Ukraine läuft das gleiche Szenario. Seine Familie hat deshalb aufgehört mit Landwirtschaft. 'Die Leute, die alle Menschen ernähren, werden in dieser Diktatur behandelt wie Abschaum. Sie werden millionenfach von ihrem Land und ihrer Arbeit vertrieben. Jetzt gehen sie bei Denen abspülen und Müll wegräumen, die nichts an sie für ihre Produkte bezahlen wollen. Im Kaufhaus, auf dem Markt und im Hotel, bezahlen sie dumm - lächelnd den zwanzigfachen Preis.

Darek möchte, wie alle seine Nachbarn, sein Land nicht noch an Besatzer und Plünderer verlieren. Genau deshalb geht er und seine Familie, arbeiten. Darek hat es scheinbar weit gebracht. Er ist Oberkellner und hat damit die Kassengewalt. Wenn einer seiner Kollegen klaut, muss er zahlen. Toni hat eigentlich genug erfahren. Jetzt könnte er noch andere Kollegen anhören. Ohne Spuren hingegen, kann er nichts anfangen. Sie müssen jetzt das Gesagte und das Gefundene auswerten.

Vielleicht findet er noch am See einige Hinweise. Dort hat er aber eigentlich genug gefunden. Die Funde aus dem Zimmer muss er auch noch auswerten. Jetzt ginge es eigentlich darum, die anderen Arbeitsstätten ab zu klappern und dort Zeugen oder Beweise zu finden. Er schaut in seine Notizen. Die jeweiligen Arbeitsverhältnisse sind abzurufen. Er muss aufs Patronat, auf das Arbeitsamt, die INPS und eventuell - ungemeldeten Arbeitsverhältnissen nachgehen. 'Das wird lustig', denkt er sich. Er sieht vor sich reichlich zuckende Achseln.

Im Büro wartet Monika schon sehnsüchtig.

"Hast du schon irgendwelche Unterlagen gefunden?"

Toni übergibt ihr den gesamten Fundus.

"Suche mal bitte, wo Soltan überall gearbeitet hat."

"In Kurzras hat sich wohl keine Spur ergeben?"

"Naja, Ein paar lose Verdächtige. Sonst wenig."

Monika packt die Bilder aus.

"Ist er das?"

Sie hält Toni ein Bild unter die Nase.

"Ja."

"Naja. Mit dem hätte ich auch Schafe gehütet."

"Nur Schafe?"

"Bei Schafen kann man öfter mal wegschauen."

Monika lacht. Toni steckt immer noch im Fundus fest. Er ist hoch konzentriert. Ringe, Kettchen, kleine Bildchen und ein paar Liebesbriefe sind dabei. Die Liebesbriefe überfliegt er kurz. Dabei findet er Namen von Frauen und Freundinnen. Einheimische sind dabei. Toni staunt und erzählt es Monika. Monika fängt sofort an, weiter zu lesen. Marco sagt, die

Spurensicherung hätte über zwanzig verschiedene Fingerabdrücke und Genspuren, allein an diesen Artefakten sicher gestellt.

"Ich hatte schon vermutet, dass es lustig wird", sagt Toni.

"Wir müssen zuerst die anderen Hotels ermitteln", antwortet Marco. Die Drei stellen die ersten Anfragen an die verschiedenen Büros zusammen.

Der Arbeitstag ist schnell zu Ende gegangen. Die Drei wollen heute Pizza essen gehen.

"Am besten, wir gehen gleich in Rabland gegenüber der Aschbachbahn, in der Laterne einkehren", sagt Toni. Gared, der Pizzaiolo, bäckt eine hervorragende Pizza.

Nach dem Abschied fahren die Zwei wieder auf ihre Hütte. Es ist etwas frisch. Toni stellt tagsüber einen Elektroheizer an. Der ist mit einem Temperaturfühler. Wahrscheinlich ist das Gerät kaputt gegangen. Ersatz hat er bereits da. Vielleicht kann er das Gerät bauen. Er stellt den Heizlüfter in seine Werkstatt.

Monika möchte auch den Tauchsieder im Duschwasser anstellen. "Das geht nicht zusammen", sagt Toni. "Ich habe den Vertrag über drei Kilowatt."

"Dann können wir erst morgen duschen. Heute wird sich kalt gewaschen", sagt Monika.

"Ich habe die Induktionsplatte. Auf der können wir kurz die Schüssel mit dem Waschwasser erwärmen." Monika ist begeistert. Toni hat also doch warmes Wasser.

Am Morgen duschen die Zwei. Toni macht das eigentlich nicht gern. Wegen dem Schweißfuß. Als Ausnahme geht das.

Ins Büro fahren sie zusammen. Mit dem Motorrad. Marco wartet schon. Er hat einen Diebstahl mit aufzuklären. Der Diebstahl wurde heute von Hotelgästen angezeigt. Zufällig müssen Toni und Monika auch in das Hotel. Darek hat dort gearbeitet. Dort stehen ein paar Erkundungen an.

Sie fahren gemeinsam auf den Reschen.

Die Apfelbauern sind noch voll bei der Ernte. Andere sind schon bei der Nachbereitung. Überall stehen grüne, große Paletten voll mit Äpfeln. Mit kleinen Traktoren fahren die Bauern die Kisten zusammen. Aller paar Kilometer kommt ihnen ein Lastwagen entgegen, auf dem diese Kisten voller Äpfel stehen. Kaum sind sie aus Mals raus, werden sie von einem recht frischen Wind empfangen. Monika zieht den Kragen zusammen. Kurz darauf kommen sie in St. Valentin an. Im Ort herrscht relative Stille. Sie sehen wenig Touristen.

Bis nach Graun, wo sie hin müssen, sind es nur wenige Kilometer. Kaum sind sie am Hotel Joseph angekommen, werden sie schon vom Portier erwartet.

"In der Garage sind sämtliche Autos ausgeräumt worden."

"Wo ist der Chef des Hauses?"

"In seinem Büro."

"Führe uns bitte zu ihm."
Im Büro begrüßen die Kommissare den Chef, der sich mit Florian vorstellt.
"Uns wurden die Autos der Gäste ausgeräumt. Ich habe auch meine Kollegen in Österreich davon informiert. Die haben reagiert und ihre Gendarmerie angerufen. Die Gendarmerie meldet einen Todesfall in dem Zusammenhang. Einen Rumäne. Bei ihm wurden einige gestohlene Gegenstände gefunden."
"Gut. Wir müssen mit unseren Österreichischen Kollegen reden. Wir melden uns", sagt Toni.
Marco hat kein Wort gesagt. Er hört sich an, wie Toni vorgehen möchte.
"Das fehlt uns gerade noch", sagt Toni. "Ein grenzübergreifender Fall. Und das zu unserem Schnalstaler."
"Der Schnalstaler Fall ist doch auch grenzübergreifend", antwortet Marco und lacht dazu. Monika lacht mit. Sie findet das spannend. "Irgendwie passen die Fälle auch zusammen", sagt sie zu Toni.
Toni überlegt etwas. "Du könntest Recht haben." Er gibt Monika ein Küsschen dafür. Marco applaudiert.
"Gehen wir einkehren oder zum Imbiss am Turm?"
"Wenn der noch auf hat, gehen wir dorthin."
Der Imbiss hat noch geöffnet. Menschenschlangen, wie in der Saison, stehen nicht davor. Die Drei müssen nicht warten und werden sofort bedient. Gerade fährt ein Bus auf den Parkplatz. Die Türen öffnen sich und

scheinbar alle Fahrgäste rennen gleichzeitig in Richtung Toiletten. Monika lacht.

"Bei zwei Toiletten und einer Sitzungszeit von zwei Minuten pro Benutzer, stehen die Letzten genau zwei Stunden."

Die Drei amüsieren sich darüber.

"In der Zeit, müssen die Ersten schon wieder", sagt Monika.

Marco lacht sich krumm. "Ende der Reise wegen Toilettenstau."

Die Kollegen in Landeck wollen nach Meran kommen. Heute haben sie keine Zeit. Sie stecken wegen dem Todesfall voll in ihren Ermittlungen. Es gibt mehrere Anzeichen von Bandenkriminalität. Am Ausgang der Täler sind viele Kontrollposten eingerichtet worden. Die Drei entscheiden sich, ein wenig am Reschensee zu wandern. Die Wanderung brauchen sie, um ihre Gedanken zu ordnen. Es weht ein schöner, beharrlicher, frischer Wind aus einer Richtung. Die etwas längeren Haare von Marco bekommen am Hinterkopf einen neuen Scheitel.

"Zu Hause bist du schuppenfrei"; sagt Toni zu ihm. Marco leidet, wegen der trockenen Luft bei uns, etwas an Schuppenbildung. Vor allem, im Winter. Toni trägt deshalb sehr kurzes Haar, das bisweilen fast wie eine Glatze aussieht.

Er schneidet seine Haare selbst. Jetzt hilft ihm Monika beim Haarschnitt.

Die Drei wollen sich im Büro treffen. "Mal sehen, wer zuerst da ist", sagt Marco.

"Dann können wir hier noch getrost ein Panino mit Schnitzel essen", scherzt Toni. Monika lacht darüber. Im Büro angekommen, muss Toni über eine Stunde warten bis Marco kommt. Monika hat inzwischen Kaffee gefiltert und vom Laden um die Ecke, einen Rührkuchen mitgebracht.

Die ersten Spurenprotokolle sind angekommen. Soltan hat mehrere Brüche an den Rippen und am Becken. Marco schätzt, er ist entweder gefallen oder wurde angefahren. Von entsprechenden Druckstellen, ist im Protokoll die Rede. Fotos liegen dabei. Es scheint, Soltan wurde nachträglich ins Wasser geworfen. Toni müsste den Tatort finden. Die Spuren fehlen ihm. Das macht die Aufklärung des Falles schwieriger. Den ganzen See jetzt wegen der Spurensuche sperren, wäre zu viel Aufwand.

Es muss andere Spuren geben.

Monika hat sich in den Briefen fest gelesen.

"Ich lese von einer Scheidung", sagt sie den zwei Kommissaren.

"Das ist eine Spur", sagt Toni zu ihr. Marco stuft das als nebensächlich ein. Scheidungen im Umfeld von Saisonkräften, findet er normal und logisch.

"Ja. Aber sie haben in einigen Hotels zusammen gearbeitet. Wir müssen dort nachfragen. Ich bin mir sicher, wir bekommen Hinweise", sagt Toni. Monika fängt an zu schwärmen. "Wir fahren auf die Seiser

Alm? Das ist ja selbst für uns schon wie eine Auslandsreise. Müssen wir dort auch Eintrittsgeld bezahlen?"

"Ich versuche, das mit dem Ausweis zu verhindern", antwortet Toni.

"Privilegierter Südtiroler", sagt Marco und lacht laut. "Fast wie zu Hause. Die Südtiroler dürfen ihre eigenen Berge nicht besuchen."

"Psst", zischt Toni. "Nicht so laut! Das ist unser Land. Wir haben das so gewollt."

Die Drei verabreden sich auf Morgen zu dem Ausflug. Marco geht heute sofort nach Hause. Er wird abgeholt von Veronika und Matteo. "Geb mir mal bitte ein paar Handschellen mit für deinen Kollegen", sagt Veronika zu Toni. "Der ist nie zu Hause. Hat der etwa eine neue Freundin?"

"Der hat ja selbst für dich und Matteo keine Zeit. Wann soll er dann eine neue Freundin bespringen? Ich glaube eher, er fährt gern Motorrad mit mir." Veronika lacht. Selbst Matteo hat das begriffen und lacht mit.

"Willst du etwa auch ein Motorrad?", fragt Veronika ihren Marco. Marco wird etwas rot dabei. Er würde gern. Traut es sich aber nicht, zu sagen. "Eine Motorradstaffel mit Toni zusammen, wäre schon von Vorteil für uns."

"Wir gehen morgen bei Markus fragen, ob er dir ein Motorrad verkaufen kann."

Die Fünf verabschieden sich und fahren nach Hause.

Die Seilbahn am Morgen, fährt erst gegen Sieben. Ein Transport für Milch fährt etwas eher. Mit dem wollen Monika und Toni nach Unten. Die Aschbacher Bauern warten bereits auf die Seilbahn als die Zwei kommen. Die Bauern wissen Bescheid über die Ermittlungen Toni. Ein paar neugierige Fragen möchte Toni noch nicht beantworten. Die Bauern zeigen Verständnis. Die anderen Fragen betreffen eher das familiäre Glück der zwei frisch Verheirateten. Die Bauern wollen wohl eher ein rotes Gesicht sehen, um sich später am Stammtisch darüber zu amüsieren. Monika küsst Gerhard, einen der Bauern, auf die Wange und fragt ihn, wie sich das anfühlt. Jetzt wird der knallrot und Alle amüsieren sich über ihn. Der Tag scheint hier Oben, auf alle Fälle gerettet.

Unten in Meran wartet Marco mit einer Überraschung auf. Er sitzt tatsächlich auf einem Motorrad. Es ist auch noch fast das gleiche, wie es Toni fährt. Marcos Suzuki SV hat dreihundert und fünfzig Kubik weniger. "Für den Anfang reicht das", sagt er lächelnd. 'Wo hat der so schnell das Motorrad her?', fragt sich Toni. Marco sagt nichts dazu.

Die Drei radeln jetzt auf die Seiser Alm. Zum Erstaunen Tonis, fährt Marco fast wie ein Profi. 'Der ist sicher schon gefahren', denkt er sich. Die Straße nach Völs ist für die Drei fast schon eine Zumutung. Trotzdem ein recht brauchbarer Tunnel gebaut wurde. Damit sind zumindest die gefährlichsten Stellen weg. Den Dreien kommen zwei Busse entgegen. Und die haben es in sich. An der falschen Stelle, würde diese Begegnung sicher im Krankenhaus enden.

Selbst Toni bekommt an manchen Stellen feuchte Hände. Monika nimmt das bedeutend lockerer.

In Richtung Kastelruth, wird es bedeutend entspannter. Die feine Waldluft und die etwas feuchten Straßen, zwingen die Drei zu einer Spazierfahrt. Monika öffnet extra das Visier für diesen Duft.

Ab der Auffahrt zur Seiser Alm, wird es erheblich steiler. Auch dort kommen ihnen Bauern mit Edelstahlbehältern für frische Alpenmilch entgegen.

Auf der Straße zur Alm kommen sie an einen Kontrollpunkt. Eine weniger freundliche Frau empfängt sie hinter einer Glasscheibe. "Haben Sie einen Passierschein für die Alm?"

Toni zeigt seine Marke. Das beeindruckt die Dame wenig. "Sie müssen ein Tagesticket ziehen."

"Wir sind hier für eine Ermittlung."

"Das können Alle sagen."

"Rufen Sie bitte die Polizeipräfektur in Bozen oder Meran an."

"Ich sitze hier nicht, um Irgendwo anzurufen."

Marco muss anrufen. Die Präfektur verlangt, mit der Frau sprechen zu dürfen. Marco übergibt ihr das Telefon. Ab jetzt hören sie nur noch: "Ja, ja, aber...ja, ja, ist gut."

Sie dürfen für drei Euro je Kopf passieren. Kopfgeld. Es reicht für eine stark ermäßigte Durchfahrt. Toni verlangt dafür eine Quittung. Für dieses Verlangen erntet er finsterste Blicke. Es scheint, das dieses Kassenhäuschen den inneren Zusammenhalt, nachhaltig beschädigt. "Hier fahre ich nie wieder hin", sagt Toni. Der Weg nach Oben bekräftigt seine Ablehnung. Die Straße liegt voller Steinschläge. Nichts ist geputzt oder geräumt.

Oben angekommen, stehen sie anfänglich auf einem leeren Riesenparkplatz. "Für wen wurde dieser Parkplatz geteert?"

"Für die Radfahrer", sagt Marco.

"Ich hab nicht gedacht, das Fahrräder so viel Platz benötigen."

"Die Fahrräder nicht. Aber die Autos, mit denen die Räder bis hier her gekarrt werden."

Am Hotel Turmtaube angekommen, stellen die Drei fest, die Saison ist schon zu Ende hier. Sie klingeln, klopfen und hupen mit den Motorrädern. Keine Reaktion. Hinter einem Fenster bewegt sich eine Gardine. "Hier ist Jemand da", ruft Marco. Er klingelt noch einmal. Nach zehn Minuten öffnet sich die Tür. Eine etwas ältere Frau empfängt die Kommissare.

"Wir haben geschlossen."

"Wir sind von der Polizei und wollen gern etwas wissen über Darek oder Petr."

"Achso. Der Chef ist im Urlaub. Ich will mal sehen, ob ich ihnen helfen kann."

Alle gehen gemeinsam ins Büro und suchen die Personalordner. "Darek und Petr haben hier gearbeitet. "

Toni schreibt deren Nummern heraus und die Zeiten, die sie hier gearbeitet haben. Kaffee bekommen sie keinen angeboten. Auch sonstige Getränke nicht. Das ganze Treffen wirkt etwas abgekühlt und abweisend. Die Drei verabschieden sich sofort.

"Wenn das bei den Anderen auch so läuft, kommen wir nicht viel weiter", sagt Toni.

Sie entschließen sich, bei den Patronaten weiter zu suchen. Dort sind alle Daten zusammen gefasst. Danach werden sie alle Arbeitsstellen anschreiben, wo die Zwei gearbeitet haben. Das Gleiche machen sie auch mit den Daten von Soltan. "Es muss eine Spur geben", sagt Marco.

"Gehe doch mal in Krankenhaus. Vielleicht gibt es dort Unterlagen", sagt Monika.

Sie fahren gemeinsam zurück ins Büro. Kaum sind sie da, sagt eine Sekretärin, dass Unterlagen angekommen sind. Der dicke Briefumschlag liegt auf dem Schreibtisch von Toni. Nach dem Öffnen, stellt Toni fest, das Arbeitsamt hat eine Zusammenstellung der Arbeitsstellen ausgedruckt. Das Studium des Ausdruckes erleuchtet die Drei.

Einige Saisonen, haben Darek und seine Frau, nicht zusammen im gleichen Hotel gearbeitet. Jetzt müssen sie nur noch heraus bekommen, wo Soltan zu diesen Zeiten war.

Das Handy klingelt. Die Sekretärin von Marco geht ran. Sie sagt, auf der Seiser Alm hätte Darek mit Jolka und auch Soltan, in mehreren Betrieben gedient.

"Jetzt wird's lustig", ruft Marco. "Wir können hier auch noch andere Betriebe abklappern."

Der Aussage der Sekretärin folgend, dürfen sie noch eine Hütte und zwei Hotels besuchen. Eine neue Runde beginnt.

Sie fahren gleich wieder los. Noch am gleichen Tag. Der Kofelblick und der Zirmadler sind noch fällig. Die Drei sind sich einig, es sind mehr Hotels und Hütten, als diese, zu besuchen. Einen schaffen sie noch. Den Rest werden sie mit Terminen von zu Hause aus erledigen.

Die Auffahrt zum Kofelblick ist für sie schon fast ein Kunststück. Die Wege sind versandet und teilweise mit Kies belegt. Marco fährt das wie ein Profi. Toni, eigentlich der Mann mit mehr Fahrpraxis, eiert gewaltig auf den Wegen. Monika verkrampft sich teilweise. Sie begegnen Wanderern, die einfach keinen Platz machen wollen. Kühe und Schafe hingegen, machen bereitwillig Platz. Sogar die Hunde, das Wachpersonal der Herden, gehen respektvoll zur Seite.

Der Kofelblick ist eigentlich eine gut ausgebaute Hütte. "Hier könnten wir auch Etwas essen", sagt Monika. Die frische Luft scheint bei ihr das Hungergefühl zu beleben. Aus dem Schatten des Schlern sieht die Seiser Alm wie ein Garten aus. Der

Plattkofel leuchtet im Nachmittagslicht wie eine Goldkuppe.

Bei einem Gespräch mit der Chefin des Hauses stellt sich schnell heraus, Darek und auch die Anderen waren hier. Alle gehen ins Büro und kopieren die entsprechenden Unterlagen. Die Chefin weiß, Soltan war allein bei ihr. Auch Jolka und einige ihrer Freundinnen. Darek hat zu dieser Zeit nur kurz bei ihr geholfen. Am freien Tag von einem ihrer Kellner. Darek arbeitete eigentlich schon im Zirmadler. Der Weg dahin ist etwas umständlich und nur zu Fuß in knapp zwei Stunden möglich. Darek hat Jolka deshalb nicht jeden Tag besucht. Wie scheint, hat Soltan die Fehlzeit ersetzt.

Langsam aber sicher, ergibt sich für die Drei eine Spur.

Nach Feierabend schauen die Drei, ob schon Törggelen angeboten wird. Noch nicht. Es finden aber schon Weinfeste statt. Toni meidet das. Er mag keinen Wein. Marco hingegen sagt, er gibt einen Suser aus. In Bozen. Am Magdalener wird schon der Suser ausgeschenkt. "Dann gibt es sicher auch schon etwas Törggelen", sagt Monika.

"Ich mag keine warme Blutwurst", sagt Marco.

"Aber das Bauchfleisch von hübschen Schweinchen, magst du ganz sicher", antwortet Toni. Marco kann nicht widersprechen und Monika lacht. Der Suser hat Toni geschmeckt. Toni hat nur ein kleines Glas getrunken. Marcos Glas war doppelt so groß. "Jetzt kannst du nicht mehr fahren", sagt Toni zu seinem Kollegen. "Der Suser hat nur ein Prozent Alkohol", antwortet Marco. "Das Gläschen wird kaum messbar sein. Meine Weinbrandbohnen im Schreibtisch haben mehr Alkohol."

"Aber hinfallen darfst du heute nicht mehr", antwortet Toni.

"Wir fahren eben vorsichtig nach Hause", sagt Monika.

"Wir treffen uns morgen im Büro", gibt Toni zum Besten. In Meran trennen sich die Drei.

Auf Tonis Hütte kommt Monika auf den Punkt. "Ich glaube nicht an die Schuld Dareks. Das war sicher jemand Anderes."

Toni scheint sich nicht sicher zu sein. "Wir brauchen mehr Spuren."

Am Morgen im Büro sind die restlichen Meldungen vom Arbeitsamt und von den Patronaten angekommen. Beim Studium und dem Vergleich der Daten, fallen Monika, Namen auf. Namen, die auch im Zusammenhang mit den Österreichischen Autodiebstählen stehen. Toni schüttelt den Kopf, als ihm das Monika mitteilt. Marco schlägt umgehend vor, Monika als freiberuflichen Detektiv einzustellen. Die Anträge lässt er im Büro verfassen. Bei seinem Vorgesetzten will er damit selbst anfragen.

Das Team um Marco kümmert sich also jetzt um die Diebstähle, die Ermordung Soltans und versucht,

Zusammenhänge zu finden. Jetzt kommt genau der Moment, den Toni schon befürchtete.

Von den Österreichischen Kollegen bekommen sie sämtliche Namen und Fotos der vermeintlichen Bandenmitglieder. Mittlerweile geht es nicht mehr nur um Autodiebstähle. Das Ganze scheint sich auf Wohnungen, Hütten, Garagen und Schuppen auszudehnen. Toni bestellt schon zwei Beistelltische für sein Büro. "Die Akten werden uns erdrücken", sagt er lächelnd.

Monika schlägt vor, Opfer von Diebstählen zu befragen. Dazu bestellen sie extra noch Protokolle über die Aussagen der Opfer. Die Kollegen haben das schön geordnet nach dem Diebesgut. Es fängt mit Fahrrädern an und endet bei Spielsachen, Skiern und Fahrzeugteilen. Eine Sparte behandelt den Diebstahl von Fahrzeugpapieren und Unterlagen. Toni muss lachen, als er sieht, eine Sparte für Ersatzreifen und Bordwerkzeug gibt es auch. Monika findet eine Sparte mit Sexspielzeug."Was die Leute alles im Auto mitführen", sagt sie lachend. "Da fehlt nur noch die Sparte für Kücheneinrichtungen."

Die Drei stellen fest, viele Saisonkräfte, die in den Sommermonaten in Südtirol gearbeitet haben, taten das im Winter, in Österreich. An die Schweizer Daten kommen sie im Moment nicht heran. Das erscheint ihnen auch weniger wichtig.

Jetzt gehen sie daran, die einzelnen Arbeitsstellen zu erfassen und wer, wo gearbeitet hat. Damit hoffen sie auf Zusammenhänge. "Bei diesem Fall gewinnt die Büroarbeit", stöhnt Toni. "Wir kommen selten vor die Haustür."

"Da wird nix mit Spesenkost im Feinschmeckerparadies", scherzt Marco.

"Da gibt es wieder trocken Brot mit etwas Speck", antwortet Monika."Zum Glück wird wenigstens das Trockenfleisch nicht alle", pflichtet Toni bei.

"Nachdem, wie ich es sehe, bekommen wir reichlich Bewegung", stellt Toni nach dem Studium der Unterlagen fest. "Wir kommen auch wieder Mal ins Pustertal. Wie ich sehe, nach Toblach, Reischach und nach Kiens."

"Das klingt interessant", sagt Monika.

"Wir haben bisher kaum Spuren. Wir suchen die Nadel im Heuhaufen", sagt Marco. Er wirkt verzweifelt. "Das Schlimmste ist eigentlich, dass wir nicht in die Personalzimmer können. Wenn sie dort Diebesgut lagern oder mitführen, sind wir bis jetzt machtlos."

"Mit einer Vollmacht könnten wir schon nachschauen", sagt Marco.

"Gibt es die eventuell blanko?", fragt Toni.

"Ich kümmere mich", antwortet Marco.

"Jolka hat eine Kollegin oder Freundin", sagt Monika. In allen Betrieben, in denen Jolka arbeitete, arbeitete auch ihre Freundin. Sie heißt Dunja."

Monika wird für die zwei Kommissare immer wertvoller. Sie hätten das nicht im Geringsten gemerkt.

"Von der Freundin, Dunja, ist der Bericht vom Patronat oder vom Arbeitsamt zu ziehen", sagt Marco. Er wirkt heute etwas nervös. Die Ermittlung zieht sich zu langsam hin. Toni spürt das.

Beim weiteren Studium der Unterlagen entsteht der Eindruck, mit den Diebstählen kann der Tod Soltans nicht unbedingt zusammen hängen. Es muss andere Motive geben. Vielleicht ist es gar eine Beziehungstat? Toni schüttelt den Kopf. Wer bringt in dem Umfeld seine Freunde und Kollegen um? 'Die haben doch alle untereinander intime Beziehungen', denkt er sich. Moni sieht das Rauchen des Kopfes von Toni. Als könnte sie ahnen, an was Toni gerade denkt, sagt sie ihm aus eigener Erfahrung: "Unterschätze nicht die Beziehungen der Saisonarbeiter untereinander."

Marco lässt ein Schreiben aufsetzen, mit dem die Vermieter der Personalzimmer offiziell gebeten werden, aufmerksam die Zimmer der vorläufig Verdächtigen etwas genauer zu kontrollieren. Diebesgut ist zu melden. Ohne Aufruhr. Toni ist sich fast sicher, die Vermieter gehen von sich aus schon die Zimmer der Saisonkräfte durchwühlen. Irgendwie kennt er seine Landsleute. Er kennt zwei Saisonkräfte persönlich, die das sogar heimlich gefilmt haben. In Privaträumen ist das Filmen erlaubt. Sobald die Zimmer vermietet sind, sind es Privaträume. Und dort darf man filmen. Er hat diesbezüglich mal einen Streit geschlichtet. Zum Glück konnten sich die Parteien einigen. Der Vermieter wollte lediglich vermeiden, in kriminelle Machenschaften verwickelt zu sein. Rauschgifte sind auch in Südtirol ein Thema. Bei dem Gedanken, öffnet sich die Ermittlung noch etwas. 'Ist vielleicht Rauschgift mit im Spiel?', denkt er sich. Er fragt seine Kollegen. Marco weiß, wovon Toni spricht. Er hatte früher einige Fälle mit österreichischen Saisonkräften. "Dem Gedanken folge ich nicht so direkt. Saisonkräfte aus Osteuropa sind einfach zu arm für den Rauschgiftkonsum."

"Und für den Handel damit?", fragt Toni.

"Naja. Für den Handel braucht es schon auch Einiges an Kapital. Für Lau macht das auch da Keiner."

Der Gedanke gefällt Toni. Trotzdem wird er das Thema im Auge behalten.

"Wir müssen uns aufteilen", sagt Marco. "Einer fährt auf die Seiser Alm, einer ins Pustertal und einer bleibt im Büro."

Der Vorschlag gefällt Toni und Monika. Monika wird beauftragt, in den Unterlagen die offenen Fragen zu suchen. Marco will ins Pustertal und Toni soll weiter auf der Seiser Alm ermitteln. Es kommen sicher noch Hotels und Gaststätten dazu. Monika ist schon am Aufschlüsseln der Meldungen vom Arbeitsamt. Sie spricht jetzt schon vom Eisacktal und von einer Bozner Gaststätte. Sie sucht aktiv die Übernachtungen der Saisonarbeiter. Die Vermieter sind schwer zu finden und auch sonst, extrem verschlossen.

Marco sagt, in der näheren Umgebung kann Monika auf eigene Faust ermitteln. In den kommenden Tagen bekommt sie eine Karte und einen Ausweis dafür.

Monika geht fast rückwärts, als sie das hört. Vor der Tür ruft sie schnell zu Hause an. Frieda geht ans Telefon. "Ich komme in naher Zukunft etwas seltener. Ich bin jetzt Detektiv."

"Das freut uns. Im Moment haben wir so und so, weniger zu tun. Das Saisonende kündigt sich an."

"Macht ihr schon Törggele?"

"Aber sicher. Wir haben gute Ultener Keschtn."

Toni hört mit. "Meinst du Aschbach Keschtn?"

Er hört, wie Frieda lacht. Lukas gibt ihm knurrend Recht.

"Wir haben gemischt, Toni."

"Das ist Völkerverständigung auf dem Kastanienrost."

"Wie geht's mit dem Fall vorwärts?", fragt Lukas.

"Es hängt noch etwas. Wir suchen noch Spuren."

"Viel Glück!"

Monika nimmt das Handy wieder. Sie geht vor die Tür. Jetzt wird's intim.

Die Aufteilung ist beschlossen. Alle kümmern sich noch um die Protokolle. Der zweite Tisch wird tatsächlich benötigt. Toni denkt schon an einen Rollcontainer.

Sie sitzen bis nach Sechs. "Jetzt müssen wir schnell fahren. Sonst ist die Seilbahn weg."

Zum Glück sind sie mit dem Motorrad unterwegs. Mit dem Auto würden sie wieder im Stau stehen in der

Töll. Heute geht der Stau bis nach Algund herunter. Dort biegt auch Toni ab. Er glaubt, über Algund etwas schneller zu sein. Ab der Oberplarser Abfahrt stehen auch dort die Autos. Aber hier kann Toni bis an die Kreuzung der Töll, den Autostau passieren. Die Rechnung geht auf. Toni drängelt sich etwas hinein in die Autoschlange. Statt selbst mit einem Zweirad zu fahren, hupen die Autofahrer. Toni versteht das nicht. 'Jeder kann einen Scooter fahren', denkt er sich. 'Wieso fahren die ausgerechnet mit dem Auto? Die stehen gern im Stau. Ochsen stehen auch gern in der Gruppe. Vielleicht hassen sie die Freizeit mit ihrer Familie?'

An der Hütte Tonis hängen wieder frische Brötchen. Ein Stück Speck ist mit im Beutel. Heute sind die Brötchen nicht mehr warm. Auf dem Berg ist es zu kalt. Eigentlich soll es im Herbst auf dem Berg wärmer sein als im Tal. Heute jedenfalls, ist es nicht so. Nach dem Duschen und Essen geht das junge Paar sofort ins Bett. Der Tag war zu anstrengend. "Wieso ist ausgerechnet die Büroarbeit anstrengender als die Arbeit Draußen?", fragt Toni, Monika. Monika gähnt und kann nur verzögert antworten. "Vielleicht ist es die schlechte Luft oder der Mangel an Bewegung?" "Könnte es an der Eintönigkeit liegen?"

Monika schläft schon. Toni ist zu aufgewühlt. Er schaut sich noch einen Film auf seinem Computer an. Mit Kopfhörer. Jesse Stone. Er liebt diese ruhigen Filme mit Tom Sellek.

Am Morgen fahren die Zwei nach Meran. Toni wirft Monika ab. Er wollte eigentlich nicht erst ins Büro mit gehen.

"Kommst Du mit rein auf einen Kaffee?", fragt Monika. Toni kann nicht Nein sagen.

Auf dem Schreibtisch liegen neue Unterlagen. Nach dem kurzen Überfliegen des Inhaltes, sagt Toni: "Es war kein Fehler, noch Mal mit rein zu kommen.

Die Anzeichen, im Umfeld von Darek arbeitet eine Diebesbande, scheinen sich zu bestätigen. Jedoch findet er keinerlei Hinweise auf Darek. Im Gegenteil. Darek ist eingetragener Händler in Polen. Er besitzt Marktlizenzen.

Die Frage ist jetzt, ob Darek hehlt. Sozusagen, offiziell aufkauft und gleichzeitig, Schwarzgeschäfte abwickelt. Das Umfeld ist riesig. Den Unterlagen nach zu urteilen, sind etwa zwanzig Saisonarbeiter involviert. 'Ich brauche zumindest bei zwei oder drei dieser Kollegen von Darek eine Durchsuchung", denkt sich Toni. Nur, mit dem Verdacht allein, bekommt er das nicht genehmigt. Toni ruft Marco an und sagt, sein Plan hat sich etwas geändert. Er fährt nicht auf die Seiser Alm. Dafür besucht er die Kollegen von Darek.

"Einen oder zwei treffe ich sicher in ihrem Zimmer oder in der Wohnung an", sagt er zu Marco. Marco genehmigt sein Vorgehen. Einige Wohnungen und Zimmer befinden sich in Bozen. Monika will sich darum kümmern.

Die ersten zwei Versuche sind ergebnislos. Jetzt sucht sie in der Trentiner Straße. Ein Kollege Dareks ist zu Hause. Er hat frei heute. Er stellt sich mit Witek vor beim Anblick Monikas, die ihm ihre Karte zeigt. Es riecht nach Kaffee. Etwas Kuchen steht auf dem Tisch. "Ich habe heute frei und bin gerade aufgestanden", entschuldigt sich Witek. Ein Zug donnert gerade vorbei und das ganze Zimmer wackelt. Witek schließt das Fenster. In den zwei Zimmern gibt es keine Dusche. Eine kleine Kochecke ist vorhanden. Dafür hat Witek aber eine Toilette mit Waschgelegenheit in der Miniwohnung. Im Zimmer steht ein Doppelbett und eine Liege vor einem Campingtisch. Dazu gehören vier Campingstühle. Zwei sind zusammen gefaltet und abgestellt. "Wohnst du allein hier?" Witek zögert etwas mit der Antwort. "Nein."
"Ich ermittle wegen einem Mord im Schnalstal."
"Oh. Dort habe ich auch schon gearbeitet."
"Kannten Sie Soltan?"
"Ist Soltan das Opfer?"
"Ja."
"Mit dem habe ich auf der Seiser Alm und in Brixen gearbeitet."
"Wo sind sie jetzt?"
"Hier in Bozen. Eine Ganzjahresstelle im Hokus Pokus."
"Gefällt es ihnen dort?"
"Nein."
"Warum arbeiten sie dann dort?"

"Unsere Familie braucht das Geld."

"Wer ist ihr Mitbewohner auf dem Zimmer?"

"Wir wohnen hier zu dritt."

"Welcher Tätigkeit gehst du nach?"

"Ich bin Abspüler."

"Also, fängst du Früh etwas später an und bist abends der Letzte."

"Ja. In Gaststätten haben wir es etwas besser als in Hotels."

"Dort fängst du später an zu arbeiten; stimmt das?"

"Ja."

"Wer sind deine Mitbewohner?"

"Ein Kollege. Er ist auch Abspüler und eine Kollegin. Sie arbeitet als Bedienung."

"Ihr kommt also in etwa zur gleichen Zeit hier her."

"Ja. Danuta ist oft etwas länger weg."

"Danke. Wenn ich noch Fragen habe, treffe ich dich also früh am Morgen."

"Sicher."

Toni fährt gerade zur St.-Vigilstraße und sucht dort Kollegen von Darek. Um die Zeit macht er sich wenig Hoffnung. Monika hatte ihn angerufen, wann er die Kollegen treffen kann. Ein Kollege ist Koch. Alle anderen spülen ab. Die Frauen sind meist Bedienung und eine Barfrau ist dabei. Jetzt macht sich Toni doch irgendwie Hoffnung. Die Barfrau könnte noch zu Hause sein.

Toni klingelt an allen drei Wohnungen. "Hier ist ein Nest", denkt er sich. Eine Tür öffnet sich und eine junge, sehr schöne Frau schaut heraus. Toni stürzt schnell hin zu ihr. "Kommissar Toni", sagt er und hält seine Marke hin. "Ich habe ein paar Fragen."

"Kommen sie ruhig herein. In einer Stunde muss ich aber gehen."

"Störe ich sie?"

"Kein bisschen."

"Können sie mir sagen, wer hier noch alles wohnt?" Toni fragt das, weil er vier Schlafplätze bemerkt.

"Wir sind zwei Frauen und zwei Männer."

"Und wissen sie zufällig, wer in den anderen Wohnungen wohnt?"

"Ja. In einem wohnen Barbara und Halina."

"Die wohnen allein?"

"Ja. Sie haben keine Freunde. Manchmal kommen ein paar Freundinnen oder Kolleginnen, die sonst in Personalzimmern schlafen."

"Und wer in der dritten Wohnung lebt, wissen sie nicht?"

"Oh doch. Das sind aber keine Polen. Das sind zwei Ungarn und eine ungarische Frau. Die arbeitet sehr lange. Sie ist Bedienung. Die zwei Männer kommen etwas zeitiger, gehen aber bedeutend früher. Die sind aber selten da."

"Alles klar. Danke. Gibt es sonst noch Wohnungen hier, die von Saisonarbeitern benutzt werden?"

"Ja. Aber von Denen wissen wir nichts. Sie klingen wie Slowaken. Die haben die restlichen drei Wohnungen."

Monika und Toni treffen sich an der Tankstelle. Hinter der Tankstelle wäscht Toni oft sein Motorrad. Außerdem gibt es dort einen vorzüglichen Imbiss, den Toni regelmäßig besucht hat. Bei Charlie, dem Gastwirt, isst Toni besonders gern. Der Tipp kommt von Marco. Marco liebt italienische Kost und hat Toni oft dort eingeladen. Osso bucci steht im Tagesangebot. Die Zwei können nicht widerstehen.

"Das dritte Zimmer interessiert mich und die freien Wohnungen", sagt Toni.

"Das ist sicher das Bumszimmer", antwortet Monika.

"Monika!", ruft Toni. "Du mit deinen Gedanken..."

"Die Wohnungen sind nie leer. Mit einer heimlichen Durchsuchung wird das nichts."

"Können wir einen Arbeitskollegen der Saisonarbeiter dort hin schicken?

"Wir müssten höchstens einen polnischen oder ungarischen Kollegen anfordern, der sich als Saisonarbeiter ausgibt."

"Ich rede mal mit Marco darüber."

Marco ist einverstanden mit der Taktik. Nach dem Telefonat mit den ausländischen Kollegen, sind die Polen und auch die Ungarn bereit, jeweils einen Kollegen zu schicken. Beide werden als Barmann oder Kellner arbeiten. Toni soll das mit den Südtiroler Gastronomen und dem Vermieter abklären. Der Weg erscheint realistisch in der Situation.

Zunächst suchen Toni und Monika, die oder den Vermieter. Am Hauseingang ist der Eigentümer des

Hauses vermerkt. Den ruft Monika an. Er ist nicht zu Hause, aber in der Bar um die Ecke. Dort verabreden sich die Drei. Kaum betreten sie die Bar, kommt ihnen Hannes entgegen. So hat er sich vorgestellt. Er besitzt beide Häuser. Hannes ist nicht mehr der Jüngste. Er war Kellner in den Bozner Lauben. Er scheint diese Uniform zu lieben. Hannes steht im Anzug in der Bar. Sehr vornehm. Vielleicht hilft er hin und wieder beim Zutragen von Getränken.

"Die Polen und Ungarn nehme ich als Mieter gern. Sie zahlen pünktlich und halten das Haus ziemlich sauber."

"Schaust du manchmal in die Wohnungen?"

"Äußerst selten. Wegen Rauschgift und so."

"Gab es da schon Funde?"

"Nie. Früher, einen. Den habe ich sofort raus geschmissen."

"Und sonst, gab es nichts?"

"Ich habe bisher nichts bemerkt."

"Können wir mit dir zusammen eine ganz bestimmte Wohnung besuchen?"

"Aber sicher. Ich habe die Generäle."

"Wir würden gern jetzt eine Wohnung besuchen."

"Gut. Gehen wir."

Sie gehen zusammen in die Wohnung, die angeblich von Ungarn bewohnt wird. Zuerst klopfen sie. Nichts. Dann steckt Hannes den Schlüssel rein und plötzlich geht die Tür von Innen auf. Ihnen kommt kein Ungar entgegen. Ein Pole begrüßt sie. Witek aus dem

Nachbarhaus. Er ist überrascht. Toni und Monika wundern sich etwas. Monika betritt die Wohnung. Die sieht frisch aufgeräumt aus. Es duftet nach einem Parfüm.

"Ich dachte, hier schlafen Ungarn."

"Ja schon. gelegentlich. Das sind unsere Untermieter." Hannes staunt. "Ich bin hier der Vermieter."

"Wir teilen uns in die Mietkosten. Das haben wir mit dir so vereinbart, Hannes."

"Oh ja. Das stimmt." Hannes beruhigt sich.

Toni und Monika haben genug gesehen. Sie verabschieden sich. Hannes lädt sie auf ein Getränk in die Bar ein. Sie brauchen eine Pause.

In der Bar erzählt Hannes etwas. "Hinter dem Haus haben die Jungs ihre Autos stehen. Davon sind drei, Kleintransporter. Sie nehmen ihre Kollegen mit nach Hause."

"Die Autos kontrollieren wir bei Gelegenheit. Heute nicht mehr", sagt Toni. Monika möchte sie gleich sehen. Toni und Hannes geben nach. Sie müssen ein Stück gehen. Bei dem Anblick, könnte man denken, die Autos gehören irgend Jemandem. Nur die Kennzeichen sind polnisch. Die Targa ist aktuell. Zumindest die Kontrollmarke der polnischen Behörden. Toni knipst mit seinem Telefon schnell die Nummern. Die will er in Polen überprüfen lassen.

Der Tag ist gelaufen. In der Bar bei Hannes, trinken sie einen ausgezeichneten Kaffee. Auf dem Tresen stehen auch ein paar frische Brioche. Hannes gibt jedem eins. Jetzt bedient er Toni und Monika. Toni muss lachen. "Gratis", sagt er zu den Zweien.

Die Zwei unterhalten sich noch eine Stunde mit Hannes. Es gibt noch ein paar Einzelheiten. Die passen aber jetzt erst mal zu keiner Spur.

"Ich denke, die Mädchen von den Polen, benutzen hin und wieder die Wohnung für ein Stelldichein."

"Warum vermutest du das?"

"Nachbarn haben mir das erzählt."

Die zwei Ermittler verabschieden sich. Hannes möchte auf dem Laufenden gehalten werden.

Der Abend ist gelaufen. Toni und Monika verabschieden sich von Marco. Marco möchte noch etwas überprüfen zu Hause. Sie verabreden sich für morgen im Büro.

Die Zwei schaffen die letzte Seilbahn. An der Tür hängt heute kein Beutel. Toni hatte nichts bestellt. Es ist noch etwas vom Vortag zu Hause.

Am Morgen fahren Beide wieder mit dem Motorrad. Sicherheitshalber nehmen sie Regenkombis mit. Eine Schlechtwetterfront wurde angekündigt.

Im Büro tragen sie alle Aussagen zusammen und beratschlagen den weiteren Weg. Das Telefon klingelt. Ein Hotelier ist dran. Die zwei Hilfskräfte sind schon angekommen. Gleichzeitig. Toni staunt. "Sind die geflogen?"

Tatsächlich. Die Kollegen wurden eingeflogen. Die erste Nacht verbrachten sie im Hotel.

"Die haben wir gestern erst bestellt", sagt Toni.

"Eine flotte Truppe", antwortet Monika.

In der folgenden Arbeitsbesprechung besprechen die Fünf, Milos, den Pole, im Hokus Pokus zu platzieren und Garbor, den Ungar, in Bozen im Hotel Sonnenuntergang zu beschäftigen. Dort arbeiten sowohl polnische als auch ungarische Kollegen. Bis auf Zwei, schlafen sowohl die Kolleginnen als auch die Kollegen in den Mietshäusern. Hannes hat sie vorübergehend in einer kleinen Wohnung für den Hausmeister in der St. -Vigilstraße untergebracht. Direkt im Zentrum der Ermittlungen.

Marco ist abends noch in der Stadt, Streife gefahren. Er hat die Trentiner-, die Schlachthof- und die Innsbrucker Straße abgefahren. Er nimmt sich vor, am kommenden Tag noch andere Straßen zu kontrollieren. Ihm kam vor, er hätte einige Kolleginnen Dareks an der Tankstelle gesehen und einige andere, vor einem Imbissbetrieb auf der Innsbrucker Straße. Monika ist bereit, morgen eine Streife mit zu fahren. Toni will eine Extratour fahren. Milos und Gabor ermitteln getrennt in den Mietshäusern.

Die Kollegen vereinbaren, eine Nachtschicht einzulegen. Monika fragt, ob sie ihren scharfen Fummel anziehen soll. "Die kennen dich bereits. Das würde uns verraten", sagt Marco. "Wir hätten gleich eine Kollegin aus Ungarn oder Polen mit anfordern sollen. Ich werde das heute nachholen."

"Die können wir aber nicht bei den Kollegen schlafen lassen", antwortet Toni.

"Nein. Die Kollegin bekommt ein Zimmer im Sonnenuntergang."

"Die hat es gut. Da werde ich morgen mal mit vorbei schauen", sagt Gabor.

"Die scharfen Ungarn wieder", scherzt Monika.

"Ich gehe auch mal nachschauen", sagt Milos.

"Sandwich?", fragt Monika.

"Bist du neidisch?", fragt Gabor zurück.

Gabor ist schon ein hübsches Bürschchen.

"Der bekommt sicher viel Trinkgeld beim Bedienen", sagt Toni. Toni kennt die Südtiroler Frauen.

Am ersten Tag bekommen die zwei Spitzel nicht viel mit. Sie müssen sich vorstellen und werden ganz locker ausgefragt. Man könnte denken, die Saisonarbeiter sind misstrauisch untereinander.

Die zwei Kolleginnen kommen.

"Wir wollten doch nur eine", sagt Marco am Telefon.

"Ja. Unsere polnischen Kolleginnen wollten auch mal mit helfen", ist die Antwort aus Ungarn.

"Etwas Nebenverdienst", scherzt Monika.

"Vielleicht ist es auch Lust", antwortet Toni.

Monika rollt mit den Augen. Toni ahnt, was ihm heute blüht.

Die Kolleginnen, Oliwia aus Polen und Emese aus Ungarn, gehen heute Abend schon auf Arbeit. Sie machen sich zurecht und die Jungs auf der Wache staunen bei dem Ergebnis. Toni muss sie nicht einmal einweisen. Das haben die Frauen schon auf der Anreise getan. Sie haben die Anweisungen von zu Hause erhalten.

Marco und Toni haben es scheinbar gemütlich. Sie müssen auf Erkenntnisse warten. Es gibt scheinbar kaum ernsthafte Spuren.

Von den Zweien, Milos und Gabor, erfahren sie inzwischen tolle Neuigkeiten. Wahrscheinlich reisen gelegentlich Kollegen an, die höchstens eine Woche bleiben. Sie bringen immer neue Autos mit und nehmen die, die bereits vor dem Haus stehen, wieder mit nach Hause. Die Kollegen würden den Service zu Hause machen lassen. Das wäre preiswerter, sagen sie.

Am Morgen erfahren die Kommissare schon etwas mehr. Scheinbar reden die Mädchen untereinander etwas aufgeschlossener. Die Kolleginnen sind Kellnerinnen, Bardamen und Zimmermädchen. Alle verdienen sich Etwas dazu. Es scheint, als wären deren Familien die Zuhälter. Die Not scheint groß zu sein, wenn die Kinder bereits verkauft werden.

Toni schüttelt mit dem Kopf. Er kann das einfach nicht verstehen. Marco hingegen kennt die Situation. "Fast wie zu Hause", sagt er. In den italienischen Touristikzentren ist das nicht viel anders. Die Armen werden ärmer und müssen ihre Kinder auf den Strich schicken. Und selbst da, werden ihnen billigere Konkurrenten vor die Nase gesetzt.

Schon am zweiten Morgen erfahren die Drei viel Neues. Nicht von den Mädchen am Strich. Nein. Von den Kollegen und Kolleginnen der Gastronomen. Das Zimmer, welches Toni zuletzt ansehen wollte, ist ein Bordell. Es könnte sein, Hannes weiß davon. Die Frauen als auch bestimmte Kollegen, nutzen das Zimmer für das Stelldichein.

Monika entschließt sich mit Toni, den Verkehr dort etwas strenger zu überwachen. Sie setzen an versteckte Stellen ein paar Kameras.

"Das wird eine Zählung", scherzt Monika.

"Du meinst eine Erzählung", sagt Marco.

"Naja. Das können wir bei uns hier nicht austragen", sagt Toni. "Wer weiß, wer da alles kommt."

"Das wird heiter", sagt Monika.

"Ich sehe viele freie Bürosessel", scherzt Marco.

Eigentlich hatten die Drei vor, mit den ausländischen Kollegen einen schönen Abend zu verbringen. "Hier in der Nähe geht das nicht. Die würden sofort auffliegen", sagt Toni. Er vermutet schon eine recht große Organisation hinter dem ganzen Geschehen.

"Wir müssen die Hehler zuerst greifen", sagt Marco.

"Hoffen wir, unsere Kollegen aus Ungarn und Polen helfen uns tatkräftig", sagt Toni.

Keiner zweifelt daran.

Emese ist die Erste, die in dem dritten Zimmer direkt ermitteln darf. Jetzt wird ihr klar, wie Soltan, das Opfer, in diese Geschichte herein geraten ist. Er hat

Kolleginnen getroffen und sich mit ihnen vorerst etwas angefreundet.

Ihr erster Kontakt ist ein Südtiroler. An ihrem Standplatz kamen viele Saisonkräfte, Kraftfahrer und Bauern vorbei. Ihr Freier war ein Kraftfahrer aus Österreich. Im Zimmer gibt es eine Dusche, eine feine Toilette, sogar eine Kaffeemaschine und einen Kühlschrank gut gefüllt mit Getränken. Toni konnte das mit Monika gar nicht so genau ermitteln.

Die Zwei beobachten das Haus. Marco sitzt in der Bar bei Hannes. Selbst diese Bar scheint abends zu einem Treffpunkt zu mutieren. Die Bar wird regelmäßig von jungen Frauen besucht.

Toni sagt zu Monika, sie würden etwas von ihrem Ziel abkommen. Eigentlich wollen sie den Mord an Soltan ermitteln und jetzt ermitteln sie im Strichmilieu. Toni will einfach kein Zusammenhang auffallen. Monika ist sich nicht ganz sicher, ob sie in die richtige Richtung ermitteln.

Schon am Morgen danach, liegt eine Spur offen vor ihnen. Die Kraftfahrer, die bisweilen mit den Mädchen in Kontakt sind, sind wahrscheinlich auch deren Transportpartner. Sie sollen das Raubgut weg bringen. Das zumindest glaubt sie, von Emese erfahren zu haben. Emese ist sich aber nicht sicher.

Marco sagt, das Ganze bekommt langsam eine Dimension. "Wir müssen einen oder zwei Lastwagen verfolgen."

"Wieso", fragt Toni.

"Ich schätze, die haben irgendwo ein Lager."

"Das klingt interessant."

"Ich vermute, der Strich ist auch Tarnung. Die Mädchen sollen die zukünftigen Opfer ausfindig machen."

"Wie soll das funktionieren?"

"Die arbeiten alle in Hotels. Damit kennen sie auch deren Tiefgaragen, die Autos und deren Besitzer."

"Das allein reicht aber nicht für ein Geschäft dieser Größe."

"Immerhin kennen sie auch die Hotelzimmer der Autobesitzer und deren Inhalt."

"Das ist mir zu wenig", antwortet Toni. "Ich glaube, der Strich ist das Hautgeschäft. Wir müssen da suchen."

"Wie kommst du darauf?", fragt Marco.

"Ganz einfach. Wieviel Autos und Wohnungen musst du knacken, um allein fünfhundert Euro an gebrauchten Radios, Kameras, Telefonen und so weiter zu stehlen?"

"Also betreiben sie das Geschäft zusätzlich?"

"Sicher. Trotzdem brauchen wir die Hehler. Vielleicht gibt es auch noch andere Geschäfte."

"Jetzt wird das Ganze schon etwas zu stattlich."

Nebenbei hören die neuen Kolleginnen aus Ungarn und Polen, auch Gespräche über Darek, Soltan und Jolka. Zufällig trafen sie Jolkas Freundin Dunja aus Kurzras. Und wie der Zufall es will, Dunja übernachtet bei Witek, Bogus und Danuta. Der Kreis schließt sich.

Das Zimmer, in dem sich gerade Emese befindet, ist auch die Herberge für Kolleginnen und Kollegen aus den entfernt liegenden Betrieben. Damit werden die zwei Mietshäuser zu einem zentralen Treffpunkt. Die Saisonarbeiter, welche sich von zu Hause her kennen, treffen sich dort hin und wieder. Toni entdeckt nichts Anrüchiges. Monika ist sogar begeistert von der Idee. Die Idee kommt ihr auch bekannt vor. Pakistanische Kollegen haben das ähnlich gemacht, weiß sie von einem ehemaligen Abspüler bei ihren Eltern.

Toni sagt, damit hätten sie erst einmal den zentralen Anlaufpunkt gefunden. Das wäre zumindest mal eine Spur.

Die Spur

Marco ruft seine Österreichischen Kollegen an, ob sie Zusammenhänge mit Kraftfahrern kennen. Die bestätigen das. Ein kurzer Anruf bei den Carabinieri, lässt Marco fast aufjubeln. Binnen ein paar Stunden kommen Protokolle aus Sterzing und von fließenden Kontrollen.
Jetzt müssen sie sich die Fahrzeugnummern, deren Halter als auch deren Fahrer anschauen.
Die Wege und Touren beginnen jetzt von Neuem. Sie müssen wieder nach Kurzras im Schnalstal. Die Frauen sind zu fragen, wie oft sie in Bozen sind. Ob sie die zwei Häuser kennen und ob sie auch gelegentlich auf der Innsbrucker Straße zu sehen sind.
Natürlich liegen auch Touren auf die Seiser Alm an, genauso wie Besuche in Brixen und im Wipptal. Marco wird im Pustertal, in Bruneck und Brixen ermitteln. Vielleicht gibt es dort auch einige Mietwohnungen.
Die Sekretärinnen haben bereits die entsprechenden Anfragen an die Gemeinden verschickt.
Um das weitere Vorgehen abzusprechen, wäre es jetzt notwendig, eine Gastwirtschaft zu finden, in der nur Einheimische arbeiten. Die Spesen dürfen trotzdem nicht so üppig wie bei Abgeordneten des Landtages ausfallen. Die Suche entwickelt sich zu einem Lottospiel. Es gibt kaum einen Betrieb, in dem keine Saisonarbeiter dienen. Toni glaubte anfangs, er müsse nur die gastronomischen Angestellten

berücksichtigen. Dabei gibt es auch noch Reinigungskräfte, Hausmeister und Knechte zu berücksichtigen. Über all diese Kräfte kann das Team um die Ermittlung auffliegen. Selbst ein Ausweg nach Österreich oder in den Trentino kommt nicht in Frage. Im Büro wirkt das Alles zu kalt und zu trocken. In einer Wirtschaft lässt sich das leichter besprechen. Monika fällt der Aschbach ein. Toni will das abklären. So viel, wie er weiß, geht es da auch nicht. Selbst beim Gang ins eigene Büro, fühlen sich die Kommissare und ihre Ermittlungsgruppe beobachtet.

"Wir müssen getrennt fahren und uns treffen", sagt Marco.

Bisher war die Suche ergebnislos. Selbst Mensen kommen nicht in Frage. Überall helfen Gastarbeiter aus Osteuropa. Marco übergibt die Suche den Bürokräften. Der Treffpunkt muss zumindest für ein wöchentliches Treffen geeignet sein. Er sollte nicht zu weit entfernt liegen und auch nicht von Saisonarbeitern besucht werden.

"Eine Hütte wäre ideal", sagt Toni. "Ich rede mal mit meinen Eltern."

Walter, der Vater Tonis, hat eine Hütte in der Nähe. "Dahin kannst du auch fahren", sagt er am Telefon. "Ich mach die euch fertig."

Toni ist erleichtert. Sara, eine der Sekretärinnen Marcos, macht die Einladungen fertig. Sie druckt kleine Zettel mit dem Termin und einem Treffpunkt.

Die Verteilung übernehmen die Kolleginnen aus Ungarn und Polen.

Monika fährt mit Toni auf die Vigilstraße. Sie tauschen die Kameras aus. Die Sichtung überlassen sie dem Büro. Walter hat die Hütte fertig gemacht. Heute Abend fahren sie alle zur Hütte. Walter und Waltraud wollen selbst kochen. Es gibt Lamm und Forelle vom Grill. Das Lamm haben sie bereits im September geschlachtet. Die Forelle ist frisch.

Auf der Hütte angekommen, zeigen sich die Frauen überrascht. So sauber, hätten sie keine Hütte erwartet. Walter steht noch am Grill und legt gerade die Forelle auf.

Nach dem Essen berichten die Frauen Vieles.

Die Transporter sind für Ausfahrten. Nicht für Schmuggel oder nur sehr begrenzt. Sie haben heraus bekommen, die Frauen fahren an Wochenenden an den Gardasee oder in andere gut besuchte Regionen. Monika muss nicht raten. Sie gehen dort auch auf den Strich. An Wochenenden und Feiertagen scheint die Brieftasche etwas lockerer zu sitzen. Die Frauen haben dort oft, fünf Freier und mehr pro Tag.

Nach Österreich fahren sie auch. Aber nicht mit Transportern. Sie fahren mit PKW. Der Witz ist, diese normalen Autos haben Italienische und Österreichische Kennzeichen. Weder Polnische noch andere Targas aus den Osteuropäischen Ländern. Offensichtlich sind diese Autos, Leihautos. Das muss noch ermittelt werden.

Marco geht langsam ein Licht auf. Der Schmuggel scheint über den Reschen zu laufen. Also haben sie bisher am falschen Ort gesucht.

Marco ordnet an, die Kameras auf den Stecken zu nutzen. Die Zentralen werden angewiesen, Mitschnitte zu machen. Bei der Anfrage wird Marco gesagt, Mitschnitte gibt es schon. Aber nur von der letzten Woche. Für einen längeren Zeitraum braucht es einen Beschluss. Marco bestellt also die Mitschnitte der letzten Woche. Es gibt wieder Fernsehen. Toni überlegt sich schon, zwei schöne bequeme Sessel zu kaufen für seine Hütte.

"Da schläfst du nur ein bei der Arbeit", scherzt Monika.

"Das kannst du ja verhindern mit deinem Geschirr." Alle in der Hütte lachen bei der Bemerkung.

Die osteuropäischen Kolleginnen wollen noch vierzehn Tage bleiben. Den Garda wollen sie genau erkunden und anschließend dort etwas Urlaub einlegen.

Die Erkenntnisse lassen die Ermittlungen in einem ganz anderen Licht da stehen. Die Diebstähle sind gut organisiert wie auch die Tätigkeit der Frauen auf der Straße. An die Hintermänner wird das kleine Südtiroler Büro nicht heran kommen. Man bereitet sich auf einen Teilerfolg vor. Zumindest gibt das eine Schlagzeile in den Landesmedien. Marco sagt, die Zuarbeit für die Kollegen der Carabinieri sollten sie nicht unterschätzen. Die großen Schläge werden dann von denen organisiert.

Nach der Besprechung, machen die Kommissare unter sich aus, die entsprechenden Bewegungsketten zu beobachten und notfalls, zu verfolgen. Bei den Gesprächen kommt zudem heraus, die Zwischenlager für das Diebesgut müssen sich sowohl auf Südtiroler als auch auf Österreichischer Seite befinden. Man denkt an verlassene oder selten benutzte Hütten. Auch alte Bunkeranlagen, Schächte, Brunnen und verlassene Höfe kommen in Betracht. Auf Südtiroler Seite wird das Toni organisieren und auf der Österreichischen, die Gendarmerie.

Sara und Verena, die Sekretärinnen Tonis, haben alle Hände voll zu tun. Die Anfragen sollen heute noch raus. Monika hat aber schon sehr gute Vorarbeit geleistet. Sie hat Gruppen, Verbände und Gemeinden zusammen getragen, die sich mit dem Thema befassen.

Das Unternehmen, bei welchem die Polnischen Saisonarbeiter ihre Leihautos beziehen, wurde von Marco ausfindig gemacht. Die Firma liegt im Unterland. Sie ist schnell und leicht erreichbar. Toni möchte die Tage aufgelistet haben, an denen vorzugsweise geliehen wird und diverse Verträge sehen. Toni möchte die Hintermänner heraus finden. Die Verträge sind schon da. Sie kamen per Email. Toni gibt Monika, innerfamiliär, die Anweisung, die Namen der Menschen heraus zuschreiben, die regelmäßig ganze Fahrzeugkolonnen leihen. Das ist praktisch das Handwerk Monikas. Dazu versucht Toni, seine Kollegen von der Zollfahndung und von den Carabinieri zu veranlassen, unauffällig, Proben bei Kontrollen zu ziehen. Die Proben von Reifen und Karossen sind besonders interessant. Er erhofft sich damit, den Standort der Lager und Umschlagplätze heraus zu bekommen. Gleichzeitig sagt er dem Verleiher, er möchte bei Großbuchungen informiert werden. Toni ist sich auch bewusst, die Fahrzeuge werden von Gruppen gebucht. Also, nicht von einer einzelnen Person. Monika wird ihm das bestätigen. Emese möchte mit Toni reden. Sie hat wahrscheinlich wichtige Informationen zu Soltan erfahren. Die Informationen kommen von zwei ungarischen Bedienungen. Sie gehen nur an ihrem freien Tag auf den Strich. Die Zwei kommen aus der Puszta wie Soltan.

Nach der Konterrevolution und mit der Integration Ungarns in die Europäische Union, geht es den Bewohnern dieses Landstriches besonders schlecht. Sie stellen einen beachtlichen Teil der Saisonarbeiter in Europa. Bis zur politischen Wende, war die Puszta ein gut gefördertes Gebiet Ungarns. Toni hört sich die Schilderungen seiner Ungarischen Kollegin an. Im Sozialismus ging es den Ungarn dort, blendend. Nach der Wende setzte dort ein rapider Verfall ein. In der Puszta lebten auch sehr viele Roma. Der Niedergang wirkt auf diese Menschen wie eine Vertreibung.

Vertriebene leben am Rand der Gesellschaft. Durch die Arbeit als Saisonkraft, erhoffen sie sich einen Ausstieg aus dieser Randgruppe.

Soltan war weder kriminell noch in Gruppen aktiv. Er war eher ein Einzelgänger. Sein verdientes Geld schickte er den Eltern und seinen zwei Geschwistern. Obwohl sie eine kleine Viehzucht betreiben, können sie unter den neuen Bedingungen davon nicht leben. Toni kann die Schilderungen nach vollziehen. Europa ist die Region des Bauernsterbens. Die Konsumenten zahlen Preise, von denen der Bauer nicht einmal zehn Prozent bekommt. Toni würde zu gern ermitteln, wer das Geld klaut, das den Erzeugern zusteht.

Den Schilderungen Emeses zu Folge, hatte Soltan viel Kontakt zu Jolka und ihrer Freundin Dunja. Das lässt Toni aufhorchen. Immerhin stehen Jolka und Dunja regelmäßig vor den Tankstellen auf der Innsbrucker Straße.

Am darauf folgenden Morgen brechen Toni und Monika zusammen auf, die Route für die Erkundung des Reschengebietes festzulegen. Nebenbei ziehen sie von bestimmten Stellen, Bodenproben. Die werden zum Abgleich mit den Proben der Autos benötigt. Gleichzeitig ruft Marco bei dem Autoverleiher an, er möchte bitte, Genproben und Fingerabdrücke von den Autos ziehen, welche von entsprechend gemeldeten Personen benutzt wurden. "Langsam bekommt das Vorgehen, Kultur", sagt Monika.

Die Proben geben sie ins Labor. Die Carabinieri schicken auch schon ihre erste Charge. Die Landeslaboranten jammern etwas. Ein Teil der Proben muss ins Trentino. Allein würden sie das nicht in angemessener Zeit schaffen. Die Verkleinerung bestimmter Abteilungen im medizinischen Sektor, zeigen ihre Auswirkungen.

"Warum wird immer in den falschen Abteilungen gespart?", schimpft Toni. "Der halbe Landtag würde völlig reichen."

"Die sitzen eh nur rum zum Kassieren und Parolen heraus posaunen", sagt Monika leicht aufgebracht dazu.

Monika müsste eigentlich dankbar sein. Ihre freie Mitarbeit wurde immerhin genehmigt. Trotzdem ist das eine Projektarbeit. Eine Arbeit danach, ist ungewiss. Zur Not hat Monika immer noch ihre Hütte. Und die läuft wenigstens.

Bei der Besichtigung des Reschen notieren sich die Zwei diverse Objekte, die nach ihrer Meinung geeignet wären. Dort wollen sie zuerst suchen.

Den Ausflug wollen sie mit einem zünftigen Imbiss beenden. Der ist leider geschlossen. Die Restaurants in der Umgebung auch. Sie haben von einem Imbiss am Grenzübergang gehört. Der soll gut sein. Sie fahren hin. Der Betrieb direkt am großen Grenzparkplatz hat tatsächlich geöffnet. Empfangen werden sie in nahöstlicher Tradition. Sehr herzlich und nicht aufdringlich mit aufgesetzter Freundlichkeit. Das

Essen ist sehr gut. Beide wollen hier wieder einkehren. Der Kaffee schmeckt.
Natürlich versuchen sie, die Betreiber etwas auszufragen. Die Betreiber sind Pächter aus dem Iran. Der Chef ist sehr offen und freundlich. Von den angesprochenen Leuten weiß er, direkt, Nichts zu berichten. Ihm sind aber größere Gruppen mit Überführungskennzeichen aufgefallen. In diesem Bereich wäre das aber nichts Außergewöhnliches. Auch nicht, wenn die Fahrer, keine Italiener, Südtiroler oder Österreicher sind. Dagegen bemerkt er oft Fahrer in ungewöhnlichen Autos, die ihm etwas zu überheblich vorkommen. Die vielen Motorradfahrer wären erheblich freundlicher. "Liegt das hier an der Luft", fragt er Toni.
"Da bin ich mir sicher. In einem Auto ersticke ich. Die Autofahrer sitzen in einem eigenen Raum. Und das macht sie eigenartig."
Die Gespräch dauert weit über zwei Stunden. Die Frau des Wirtes setzt laufend Getränke und Kaffee nach. Als die Zwei bezahlen wollen, gibt er einen Wink mit der Hand. Die Wirtin dreht umgehend ab.
Toni legt den Mädchen am Tresen ein Trinkgeld hin. Sie bedanken sich herzlich und verbeugen sich.
Monika ist begeistert von dem Betrieb.
Nach dem Ausflug fahren die Zwei nicht ins Büro. Das wäre auch zu spät. Sie fahren direkt zu ihrer Hütte. An der Tür hängt wieder frisches Brot und ein paar Kaminwurzen. Die riechen nach frischem Rauch.

Monika schaltet als Erstes die Wasserheizung ein.
"Duschen wir gleich zusammen?"
"Aber sicher", ruft Toni. Er hält die Kaminwurzen zur
Hälfte in der Hand und wedelt mit ihr. Toni sucht auf
dem Computer einen schönen Film für den Abend.
Marco wartet schon im Büro auf die Zwei. Er hat ganz
früh angefangen. Am Nachmittag möchte Matteo mal
nach Sirmione ins Gardaland. Veronika konnte nicht
Nein sagen. Irgendwie kommt das Marco gelegen. Er
wollte so und so einmal den Strich abfahren.
"Machen wir das als Dienstreise", fragt Veronika.
"Aber sicher! Die Schulen und Kindergärten arbeiten
jetzt nicht mehr. Also, muss ich mein Kind mitnehmen
zur Arbeit."
"Und die Frau? Soll die zu Hause bleiben?"
"Du bist die Aufsichtsperson für mein Kind."
Veronica gibt Marco einen Kuss.
Monika und Toni würden gern mit fahren. Ein kleiner
Dienstausflug ist nicht zu verachten. Zumal Toni gern
mal ein Eis bei Caesare essen würde. Marco fühlt sich
gleich angestochen von Tonis Appetit auf Eis. Von den
fünfzig Sorten wird ihm doch sicher eine wilde
Kostprobe gut tun.
Nach einiger Büroarbeit, der Auswertung von den
Befragungen, ist es so weit. In einer Stunde wollen sie
schon am Wasser stehen.
Auf dem Parkplatz vor dem Eingangsportal zu
Sirmione ist noch recht viel Verkehr. Eine Seite steht
voller Busse. Die Fünf machen sich auf recht viel

Gedränge gefasst. Marco verabschiedet sich schon am Tor. Toni fragt ihn, ob er mitkommen soll. Schließlich kennen Toni und Monika schon einige Damen. Marco begrüßt den Vorschlag. Veronika kann mit Matteo allein Eis essen gehen.

Schon nach einigen Metern auf der Promenade, treffen die Drei, ihnen bekannte Gesichter. Die Erkannten tun so, als würden sie spazieren gehen. Das ist eigentlich das, was sie sehen wollten. Toni freut sich, doch noch an die Eistheke zu kommen.

"Die fahren auch unter der Woche an den Garda. Jetzt wissen wir, für was die so viele Transporter benötigen", sagt er zu Marco.

"Wir könnten jetzt noch nachsehen, ob sie nur hier arbeiten oder auch noch an anderen Orten", antwortet Marco. "Aber das ist nicht unser Fall."

"Stimmt genau. Nur; wir müssen wissen, ob sie auch einen Straßenhandel betreiben", sagt Toni dazu.

"Das bekomme ich einfach heraus. Den müssen sie anmelden. Schwarz stünden sie hier keine Stunde."

Marco schickt Veronika vor und will sie fragen lassen, ob es die Damen auch mit Frauen treiben und was das kostet. Er will sich in etwa eine Vorstellung machen, was die Kellnerinnen, Zimmermädchen und Putzfrauen nebenbei verdienen. Eigentlich könnten ihm das auch die zwei Kolleginnen aus Ungarn und Polen bestätigen. Veronika lacht, als er ihr sein Anliegen vorträgt. "Du geiler Sack", hat sie gezischt. Marco wird sofort knall rot bei der Antwort.

"Lass es sein", tröstet ihn Toni. "Du bist Kriminaler und kein Steuerfahnder."

Marco rennt gleich los zum Eisstand und holt sich ein Sortiment von zehn Kugeln. Der Eisverkäufer gibt ihm extra einen großen Löffel dazu. Alle gehen ans Wasser und setzen sich auf eine Bank. Der Blick über den See wirkt sehr beruhigend.

"Essen gehen brauchen wir heute nicht mehr", sagt Veronika. "Bei den Eismengen."

Gleich um die Ecke gibt es einen Imbissbetrieb, der sehr große, gut belegte Panini verkauft. Veronika geht mit Matteo, Panini kaufen.

"Willst du auch eins", fragt sie Toni.

"Monika geht mit Dir", antwortet Toni.

Die zwei Frauen und Matteo begeben sich ins Gewühl. Vor den Imbissständen ist relativ wenig Betrieb. Sie müssen nicht lange warten.

Die zwei Kommissare unterhalten sich derweil über den Strich und die Damen.

"Die Damen stehen abwechselnd mal Hier und mal Da", sagt Toni. "Das braucht schon eine ganz schöne Logistik."

"Das Diebesgut lässt sich so in kleinen Chargen verkaufen", antwortet Marco.

Darüber hatte Toni noch gar nicht so nach gedacht.

"Die nehmen also normale PKW für den Schmuggel und den Handel. Trotzdem muss das Jemand koordinieren."

"Ich denke, das macht Darek", sagt Marco.

"Wir müssen auch sein Handy und seinen Computer inspizieren."
"Morgen sind wir bei Silvio in Kurzras."
"Wird dir nicht schlecht bei den Eismassen?"
"Naja. So langsam friere ich."
"Wir haben keine Heizdecke im Auto."
"Dafür könnte mich ja Monika etwas aufwärmen."
"Das würdest du nicht überleben. Die Südtiroler Frauen vom Lande überlebt kein Italienischer Mann aus der Stadt."
"Sei dir da mal nicht so sicher."
"Großmaul."
Beide lachen laut und Monika fragt sie, warum sie lachen. Die Augenzeichen von Toni verraten ihr Alles. Monika und Veronika nehmen Marco in die Mitte.
"Ist dein Kopf heute frei geworden?", fragt Veronika.
Monika muss laut lachen.
"Marco hat heute keine Kopfschmerzen. Dafür hat er Bauchschmerzen."
"...und Rückenschmerzen", fügt Marco lachend hinzu.
"Matteo. Willst du heute bei Mama und Papa mit schlafen?"
"Nein. Du schnarchst mir zu laut."
Veronika wird rot. Marco lacht.
"Gehen wir noch ins Gardaland?", fragt Veronika, Marco.
"Vielleicht ist es schon zu spät. Frag mal Matteo, ob er noch Lust dazu hat."

Matteo gähnt schon. Die Frage erübrigt sich.
Immerhin fahren sie fast zwei Stunden nach Hause.
"Dann gehen wir eben noch etwas spazieren in den
Gassen."
Selbst da entdecken sie Kolleginnen von Darek und
seinen Freunden.
"Wir müssen mal schauen, mit welchen Autos sie hier
her gefahren sind", sagt Toni.
Draußen auf dem Parkplatz gehen sie die Parkreihen
ab und finden kein Auto mit Polnischem Kennzeichen.
"Die sind mit Italienischen Targas unterwegs", sagt
Marco.
"Vielleicht gibt es bereits Polnische Migranten, die
hier ihren Wohnsitz haben", antwortet Toni. "Es
könnten auch Ungarn oder Slowaken sein."
"Wir müssen das überprüfen. Eigentlich reicht für die
Anmeldung auch ein Zweitwohnsitz."
Die Heimfahrt findet gerade im Arbeiterverkehr statt.
Toni wollte das eigentlich vermeiden. Das ist eine
unglaubliche Hackerei bis zur Autobahnauffahrt in
Affi. Gas - Bremse, und das bis zur Auffahrt. Sie
nehmen die Umfahrung ab Peschiera del Garda. Ab
da geht es etwas gemütlicher.
Sie fahren noch einmal in Bozen vorbei. Oliwia und
Emese haben sich schon fertig gemacht. Marco tropft
der Zahn bei ihrem Anblick. Veronika gibt ihm einen
Klatsch auf den Hinterkopf. Das scheint kurzzeitig zu
wirken.

"Morgen treffen wir uns", sagt er kleinlaut zu den zwei Kolleginnen.

"Wir haben viel Neues zu berichten", sagt Emese.

"Für die Seilbahn ist es jetzt zu spät", sagt Toni. "Wir müssen mit dem Auto hoch fahren."

"Ich fahre euch bis zum Büro. Dort nimmst du den Dienstwagen."

Marco gibt ihm den Schlüssel. Veronika und Matteo wollen mit fahren bis ins Büro. Als sie ankommen, nimmt Monika die Autoschlüssel. "Ich kann mit dem Auto besser umgehen als du."

"Du bist aber auch eine Ausnahme", antwortet Toni.

Monika gibt vor jeder verdeckten Kurve eine Lichthupe. Gegenverkehr treffen sie nur einen. Ihren Nachbarn. Er grüßt freundlich.

An der Hütte hängt wieder ein Beutel mit Brot. In dem Beutel ist auch ein Stück frisch geräucherter Panchetta. Monika tropft der Zahn. Der Panchetta ist wirklich mit Salz getrocknet und nicht mit Pökelsalz eingerieben. Dadurch wird auch der Speck bedeutend bekömmlicher auf frischem Brot.

"Du könntest auch mal etwas Trockenfleisch machen", sagt sie zu Toni.

"Ich glaube, das kannst du besser", antwortet er.

"Lukas hat eine feine Gewürzmischung", sagt Monika. "Morgen sind wir in Kurzras. Darek muss noch etwas klar stellen."

"Da fahre ich mit."

Nach Kurzras fahren die Zwei mit dem Motorrad. Am Morgen ist es eiskalt. Viele Stellen sind gefroren. Die kleinen Rutscher manövriert Toni locker aus. Monika fühlt sich trotzdem sicher hinter ihm. Sie umschlingt Toni ganz eng. Man könnte denken, auf dem Motorrad sitzt eine Person.

Am Morgen ist sehr viel Betrieb auf den Parkplätzen in Kurzras. Das Personal der Gletscherbahn bereitet sich gerade für die Auffahrt vor. Im Restaurant gegenüber ist vor dem Tresen kein Platz frei. Im Wintergarten sitzen schon Skiläufer. Auf einigen Parkplätzen stehen Campingautos mit Italienischem Kennzeichen. Sogar Deutsche sind dabei.

Silvio ist noch nicht im Büro. Aber eine Rezeptionistin ist anwesend.

"Silvio ist noch beim Frühstück", sagt sie und zeigt auf den Frühstücksraum. Am Tisch von Silvio sitzen zwei junge Frauen.

"Hotelchef ist ein schöner Beruf", stöhnt Toni.

"Nehm dich zusammen", faucht Monika und zwickt ihm mit den Fingernägeln in den Hintern.

"Das gibt blaue Flecken", flüstert er zurück.

Die Frauen kennen die Zwei. Sie stehen sofort auf und gehen nach der Begrüßung.

"Arbeitest du gerade an unbegrenzten Verträgen?", fragt Toni. Silvio lacht.

"Kannst du schon polnisch?", schiebt Toni nach.

"Hier brauche ich eher Slowakisch", antwortet Silvio.

"Wir müssen Darek und einige seiner Kollegen und Kolleginnen befragen. Es gibt ein paar offene Ungereimtheiten."

"Das dauert etwas. Nehmt euch inzwischen etwas vom Buffet. Kaffee ist auch dort."

"Wenn alle Fälle in Hotels wären, könnten wir uns das Frühstück sparen", sagt Monika.

"Gegen unser Frühstück in Aschbach ist das hier eher zweite Wahl."

Beide lachen.

Darek kommt wie zum letzten Mal, etwas später. Toni ist das recht. Er möchte zuerst die Frauen befragen. Bei der Befragung kommt heraus, sie gehen alle nach Bozen. Dazu erfahren sie, Petr ist wie Darek, auch eine Art Chef. Zuhälter wollen sie jetzt nicht sagen. Trotzdem organisiert er deren Einsätze fleißig mit.

Monika fragt sich langsam, wer denn die ungarischen Kolleginnen betreut. Sie steht auf, geht zu Silvio und fragt, ob es einen ungarischen Kollegen gibt.

"Ja. Einen. Den schicke ich dann mit vorbei."

Die Befragung der Frauen dauert ziemlich lange. Ferenc, der Ungar, kommt im Anschluss an die Befragung der Frauen. Sie haben ihn raus geschickt. Bei dem Gespräch kommt heraus, Ferenc ist der Mittelsmann, der traditionell die Weisungen von Silvio übersetzt. Damit ist er praktisch ein Hauptmann. Eine zentrale Figur.

Wie bei den Polen und den Slowaken, gehen alle Landsleute zu ihm, um sich zu erkundigen. Bis zu seinem Tod, war das Soltan. Dadurch entwickeln sich ganz spezielle Beziehungen. In wieweit die von den Hauptmännern erpresserisch genutzt werden, können Monika und Toni jetzt nicht klären. Das Schweigen in der jeweiligen Gruppe ist sehr ausgeprägt. Bei der Befragung ergibt sich, alle Hauptmänner organisieren den zusätzlichen Dienst am Straßenrand. Der Gedanke kommt auf, der Tod Soltans könnte etwas mit Konkurrenzkampf zu tun haben.

Darek kommt zum Tisch. Er ist etwas rot im Gesicht. Toni macht sich schon seine Gedanken.

"Die Frauen erzählen uns etwas von Partnerschaften zwischen dir und Soltan", eröffnet Toni das Stelldichein.

"Jetzt, wo ihr Alles wisst, sage ich es euch. Wir haben uns in die Standgebühren geteilt."

"An wen habt ihr diese Gebühren bezahlt?"

"An einen Boten."

"Wie heißt der Bote?"

"Luca."

"Für wen arbeitet er?"

"Das sagt er uns nicht."

"Wie zahlt ihr die Miete bei Hannes?"

"Das machen die Mädchen selbst."

"Gab es Streit zwischen euch und Soltan?"

"Gelegentlich. Wegen der Standplätze und Grenzen."

"Wurdet ihr handgreiflich dabei?"

"Das war nicht nötig. Wir verstanden uns sehr gut."

Die Befragung dauert noch eine Stunde. Darek wurde dabei nicht sonderlich nervös und bliebt relativ ruhig. Eigentlich wissen sie jetzt Alles. Eine Frage schickt Monika hinter her.

"Was kassiert Silvio?"

Jetzt kommt Darek etwas in Stottern. Er schaut sich um.

"Zu viel."

"Bring uns mal bitte etwas Kaffee und zwei Croissant", beendet Toni das Treffen.

Darek springt erleichtert auf und bringt das Bestellte selbst. "Guten Appetit!"

Die Zwei Detektive wissen jetzt genug. Sie fahren zurück ins Büro.

"Marco. Wir müssen wieder nach Bozen. Am besten, abends."

Marco ist hocherfreut über den Bericht.

"Ich glaube, Hannes und Silvio hängen da tief drin."

"Das ist auch unser Eindruck", antwortet Monika. "Wir müssen bei den Frauen etwas intensiver nachhaken."

"Das lassen wir teilweise Oliwia und Emese tun. Die sind mittlerweile etwas warm geworden mit ihren Kolleginnen."

Die Auswertung geht bis spät in den Abend. Veronika hat Matteo schon zu Bett gebracht und kommt ins Büro.

"Wir gehen Essen heute Abend", befielt sie.

Monika läuft als Erste zu Veronika und beruhigt sie etwas.

Jetzt, wo das Veronika so druckvoll sagt, bekommt Toni einen Appetit auf Haxe oder Rippele. Monika auch, sagt sie. Marco lässt sich nicht lange Betteln. Sie gehen zum Ochsen in die Stadt.

Es wird sehr spät und Toni kann nicht mehr mit dem Motorrad fahren. Marco ruft die Kollegen von der Stadtpolizei an und fragt, ob sie als Taxi arbeiten können. Die haben nichts gegen eine Kontrollfahrt ins Nächtliche.

Auf der Hütte reicht die Lust und Zeit nur noch für eine Schüssel mit warmem Wasser. Katzenwäsche ist angesagt. Monika wäscht Toni und Toni, mit erregtem Vergnügen, Monika.

Die Drei wollen sich heute etwas später treffen. Das gibt Toni und Monika die Zeit, etwas ausgedehnter zu frühstücken. Zum Glück fahren sie heute nicht mit dem Motorrad. Das Wetter ist sehr bescheiden. Es gibt einen Temperatursturz. Beim Hinausschauen glaubt Monika, Schneeflocken gesehen zu haben. Tatsächlich. Es hat etwas Schnee gegeben. In der Vinschger Bahn wird der Platz zusehends knapper. Die Zweiradfahrer bevorzugen bei diesem Wetter das Auto und die Bahn. Der Blick von der Seilbahn hinab auf die Vinschger Straße, zeigt Toni einen enormen Stau. Wie scheint, ist ab Naturns, Schrittgeschwindigkeit angesagt. Die Zwei freuen sich, die Bahn gewählt zu haben.

In Meran suchen sie ihren Anschluss. Der Stadtbus bringt sie bis fast vor die Haustür des Büros. Zu den üblichen Bürozeiten ist die Verbindung kein Problem. Aber wehe, sie müssten früher oder später fahren. Bei ihren variablen Arbeitszeiten kommen sie selten in den Genuss einer gängigen Verbindung. Genau deshalb fährt Toni mit dem Motorrad zur Arbeit.

Im Meraner Büro wartet schon wieder Marco. Nach Bozen fahren sie mit dem Dienstauto. Heute stehen Vernehmungen an. Oliwia hat einige Erkenntnisse gewinnen können. Emese kann frühere Vermutungen bestätigen.

Monika und Toni gehen als Erstes in die Trentiner Straße zu Witek und Danuta. Die Zwei schlafen noch. Nach dem Klopfen stellt Toni fest, das Zimmer ist voll belegt. Vier Personen schlafen heute hier. Dem Anschein nach, hat es eine wilde Nacht gegeben. Die Unterwäsche liegt verstreut im Zimmer. Und nicht nur das. Neben dem Bett liegen benutzte Pariser. Monika zählt heimlich. Neun Stück. Sie schlägt die Hände über dem Kopf zusammen.

"Neidisch?", fragt Oliwia.

"Nicht beim Anblick dieses Zimmers", antwortet Monika. Toni muss lachen. Marco fragt sich, über was die diskutieren. Er schüttelt den Kopf.

"Wer sind denn die zwei anderen Damen?", fragt Monika.

"Liliana und Milena. Die kennen sie doch aus der Vigilstraße," antwortet Witek.

"Nicht persönlich", sagt Monika.

Selbst Oliwia und Emese haben sie noch nicht kennen gelernt. Die Zwei dürfen sich natürlich nicht anmerken lassen, für wen sie arbeiten. Sie antworten auf die Fragen von Toni und Monika schnippisch und fast abweisend.

Auf die Frage, wo sie denn waren, antwortet Milena, "auf Arbeit."

Eigentlich müsste das Monika überprüfen.

"Arbeitet ihr bei Darek und Silvio?"

"Natürlich."

Monika notiert sich das. Sie kann sich nicht an Alle erinnern, die sie bei Silvio hat auflisten lassen.

Hannes kommt wieder vorbei. Er möchte schauen, wie die Zimmer aussehen, sagt er.

Den Zweien kommt das gerade zurecht. Sie wollen Hannes noch etwas ausquetschen.

Hannes lädt sie wieder in die Bar ein. Sie gehen mit und schon läuft die Kaffeemaschine.

"Hast du besonders rege Bewegungen in den Zimmern bemerkt?"

"Nichts."

"Wir haben Halina und Barbara nicht getroffen."

"Die sind, so viel ich weiß, zu Hause auf Urlaub."

"Wann kommen sie wieder?"

"Nächste Woche, so viel ich weiß."

"Sie sollen sich mal bei uns im Büro in Bozen melden."

"Ich sage es ihnen."

"Wer zahlt für gewöhnlich die Miete bei dir?"

"Die Frauen. Das macht normal Barbara."

"Und wenn die nicht da ist?"
"Dann macht das Danuta."
Monika möchte mit Danuta reden.
"Wieviel zahlst du Miete hier?"
"Zweihundert und achtzig"
"Für alle Frauen und alle drei Wohnungen?"
"Nein. Für eine Wohnung."
"Wer bezahlt die anderen Wohnungen?"
"Jolka und Halina."
"Sind die da?"
"Nein. Heute nicht. Die sind auf Arbeit."
Emese gibt ein Zeichen. Sie kommt heute ins Büro. Ein Kollege soll sich mal als Freier ausgeben, der sie mit nach Hause nehmen will.
Marco ruft die Kollegen an, ob sie einen haben, den die Frauen nicht kennen. Der Kollege ist da und er kommt heute Abend.
Tonis Telefon klingelt. Die Auswertungen von den Proben sind da. Volltreffer.
Monika und Toni haben vor dem Lagerhaus gestanden, in dem vermutlich das Diebesgut zwischen gelagert wird.
"Jetzt müssten wir uns wieder dreiteilen können", sagt Toni.
"Können wir doch. Du, ich und Marco", antwortet Monika.
"Das machen wir im Büro ab."
Eigentlich ist für heute Alles gesagt. Die Kommissare gehen ins Büro und nach Hause.

Am kommenden Tag werden die Kommissare von Emese und Oliwia besucht. Die Beiden sprechen von einer regen Nachfrage. Toni vermeidet, nachzufragen, ob die Ermittlungen Haut an Haut stattfinden. Trotzdem fragt er neugierig, wie viel Trinkgeld dabei heraus springt. In erster Linie interessiert ihn, um welche Größenordnungen es sich bei den Einnahmen handelt. Emese ist etwas schöner als Oliwia. Das ist zumindest der Eindruck Tonis. Monika hingegen, sieht Oliwia als schöner an. Beide reden von beträchtlichen Einnahmen. Daraus resultiert eine starke Nachfrage. Offensichtlich hat das Kreuze schwingen des Papstes und seiner Helfer, wenig gebracht in Südtirol, Polen und Ungarn. Das zumindest, entnimmt Toni den Schilderungen der Kolleginnen. Monika hört ganz interessiert zu. Sie bewundert die zwei Kolleginnen. Ermittlung im Nahkampf.

Emese glaubt, Hannes ist in dem Geschäft involviert. Sie hat bemerkt, wie er die Frauen einteilt. Außerdem reden die Mädchen davon, Hannes regelmäßig mit Naturalien bezahlt zu haben. Wie das gemeint ist, muss sich Toni nicht extra ausmalen. Er glaubt, Hannes geht nur einer Gelegenheit nach. Oliwia zerschlägt Tonis Gedankengang. Sie hat bemerkt, die Plätze in der Bar sind fest einkalkuliert. Die Bar ist deshalb gut besucht. Toni würde das als Puff bezeichnen, wenn das stimmt.

Das Gespräch dauert etwa zwei Stunden. Die Fakten sind erdrückend.

"Jetzt müsst ihr aber endlich schlafen gehen", sagt Monika mitleidvoll. Nicht umsonst. Sie müssen heute noch auf den Reschen. Das Lager für das Diebesgut scheint gefunden zu sein. Die Proben sind ziemlich aufschlussreich. An nur drei Gebäuden, haben sie diese Proben gefunden. Praktisch haben sie vor dem Lager gestanden. Es ist ein Stall. Und der ist, als das, auch in Benutzung.

Der Stall als Lager ist gar nicht mal dumm gewählt. Kein Mensch der Umgebung würde irgendeinen Verdacht schöpfen bei dem regen Verkehr im Umfeld des Stalles. Es braucht schon ein paar Arbeiter, welche die Tiere versorgen. Nicht mal Ausländer würden sonderlich auffallen. Generell arbeiten in der Landwirtschaft Tirols und Südtirols, sehr viele Ausländer als Knechte und Erntehelfer. Das unterschiedet die Landwirtschaft kaum von dem Touristikgewerbe. Die Gastwirtschaft als auch die Landwirtschaft als Familienunternehmen, scheint rein einheimisch betrieben nicht mehr zu funktionieren. Damit erhöht sich der Anteil der passiven Nutznießer dieser zwei Gewerbe erheblich.

Monika bestätigt das. Die Größe ihres Unternehmens, wäre ohne Fremdhilfe nicht leistbar. Manchmal kommt sie bei ihren Ermittlungen schwer ins Grübeln. Marco bleibt im Büro und befragt die Frauen weiter. Später möchte er sich einige der Betriebe, in denen die Frauen arbeiten, noch anschauen. Er möchte heraus bekommen, ob die jeweiligen Chefs der

Betriebe beteiligt oder gar involviert sind. Sollte sich das bewahrheiten, stehen einige große Durchsuchungen an. Die Fahrt durch das Vinschgau wird wieder zur Qual. Eilige Einsätze könnten sie nur mit Blaulicht erzwingen. Selbst da würden sie schwer behindert. Der Transitverkehr ist einfach unerträglich. Toni freut sich heimlich über seinen Wohnort weit oberhalb dieses Durcheinanders. Toni beklagt sich gerade wieder bei Monika über Autofahrer, die auf dem Mittelstrich herum eiern. Die neuen Autos sind Panzer in seinen Augen. Er kann weder durch deren verklebte Scheiben schauen noch deren Fahrstil verstehen. Motorradfahrer möchten die Köpfe der Fahrer sehen, um deren geplante Handlungen lesen zu können. Deshalb müssen sie nahe des Mittelstriches fahren. Nur so können sie dem Verkehr folgen. Monika versteht das. Sie sitzt immerhin Hinten drauf. Wie üblich, beginnt der nächste Stau nach Naturns und Kastelbell, kurz vor Schlanders. Die zu vielen Ampeln und Fußgängerüberwege sind verantwortlich für diesen Stau. Das zieht sich durch das gesamte Vinschgau. Besonders schlimm ist es in Kastelbell und auf der Töll. Jeder einzelne Fußgänger oder Radfahrer kann den gesamten Verkehr stoppen. Wenn sie nacheinander kommen, ergeben sich Staus, die ganz sicher nicht dem Umweltschutz dienen. Selbst mit dem Motorrad benötigt Toni heute fast zwei Stunden bis auf den Reschen.

In den Proben haben die Laboranten, Spuren von Pferden gefunden. Von ganz bestimmten Pferden. Von Haflingern. Außerdem sind Proben von echtem Südtiroler Grauvieh zu sehen. Es gibt nur drei Ställe mit diesem Viehbestand auf dem Reschen. Das macht die Suche weniger aufwändig. Ein Gehöft ist in St. Valentin auf der Heide. Das zweite in Graun und das dritte ist ziemlich versteckt in Kappl im LangtauferTal. Monika freut sich schon darauf, dieses sehr schöne Tal endlich mal besuchen zu können.

In St. Valentin machen sie den ersten Abstecher. Der Bauer steht vor dem Haus. Toni muss nicht lange warten. Er zeigt seine Marke und sagt, sie müssen den Stall und den dazu gehörigen Stadel kontrollieren. In den Bergen ist das oft ein Gebäude, ein Einhof oder ein Paarhof. Die Landbevölkerung vom Reschen war ziemlich arm und ging traditionell, gern dem Schmuggel nach. Entsprechend angepasst wurden auch die Räumlichkeiten dieser Höfe. Die Suche nach den Räumen kann mitunter ziemlich zeitaufwändig sein. Der Bauer begleitet sie passiv, aber verschmitzt lächelnd. Von allein zeigt er den Zweien nichts. An jeder Tür fragt Toni, was darin steht. Schorsch, der Bauer, tut meist so, als wüsste er es nicht. Im Stadel gibt es mehrere Böden, die teilweise auch in die Erde eingelassen sind. Keller oder Gewölbe. Schon im ersten Gewölbe werden sie fündig. Das Gesuchte ist aber nicht dabei. Den Fund nutzt Toni erpresserisch. Er fragt Schorsch jetzt aus, ob er etwas von den Polnischen oder anderen Schmugglern weiß. Schorsch redet wie ein Buch. Monika überlegt, was davon wahr ist und was geträumt. Auf alle Fälle, könnten sie einen ganzen Schmugglerring auffliegen lassen. Dafür haben sie aber kein Interesse. Es ist nicht ihre Aufgabe. Sie erfahren trotzdem sehr viele Namen und lernen auch die Infrastruktur der vielen Schmugglergruppen kennen. Jede Gruppe schmuggelt eine andere Ware. Es gibt keine Konkurrenz.

Bei Schorsch finden sie Ersatzteile für Fahrzeuge. "Wenn ich Etwas brauche, komme ich zu dir", sagt Toni. Er hält einen Kettensatz von seiner Marke in der Hand, den er sonst nicht unter vierhundert Euro bekommt.

"Ist der original?", fragt er.

"Was ist original in der heutigen Welt?"

Toni muss ihm Recht geben.

Sie verabschieden sich von Schorsch. Als Nächstes fahren sie nach Graun. In Graun ist Toni relativ oft. Vor allem dann, wenn er ins benachbarte Österreich zum Tanken fährt. In Graun auf dem Parkplatz am Turm, treffen sich oft die motorisierten Kollegen. Graun ist dabei der Ausgangspunkt für gemeinsame Touren. Die dabei eingesparten dreißig Cent je Liter, können sie dann einem Imbissbetreiber in Südtirol zu kommen lassen. Die kleine Umverteilung findet Toni gerecht.

Der nahe gelegene Stall mit dem angebauten Stadel ist ihr Ziel. Auch hier finden sie den Bauer umgehend. Er fährt gerade mit dem Traktor den Mist zusammen. Nach der Vorstellung gehen sie sofort in die entsprechenden Räume. Rudi zeigt ihnen gleich sein Lager. Sie werden stutzig. Hat vielleicht Schorsch hier schon angerufen? Rudi ist erstaunlich, gründlich informiert. Rudi macht sein Geschäft mit Sportschuhen und Fahrradzubehör. Toni würde sich nicht wundern, wenn er das örtliche Sportgeschäft direkt beliefert. Eine tiefe Kontrolle ergibt nichts Neues. Es sei denn, die Lager sind frisch geräumt. Nebenbei erkundigt sich Monika bei Rudi nach den Frauen und Helfern auf dem Hof. Dabei kommen ein paar nützliche Informationen heraus. Die Frauen übernachten oft in den Hotels der Umgebung. Vornehmlich außerhalb der Saisonzeiten. In den Saisonzeiten stehen ihnen Möglichkeiten bei den privaten Vermietern offen. Es gibt auch Personalunterkünfte, die rege genutzt werden.
Toni und Monika wird langsam aber sicher die Größe des Netzwerkes bewusst.
"Wenn die ihre Beute gut verteilen und bewegen, finden wir nichts", sagt Toni. Genau das, denkt sich auch Monika. "Wir müssen sie in der Bewegung erwischen."
Trotzdem fahren sie jetzt zum letzten Hof. Es geht weit ins Langtauferer Tal hinein. Dort werden sie schon erwartet. Josef sitzt ebenfalls auf seinem

Traktor. Er hat Stöpsel im Ohr. Toni meint, Musik bei ihm zu hören. Er gibt ein Zeichen. Josef stellt die Musik ab und nimmt die Stöpsel aus dem Ohr. Toni und Monika stellen sich vor. Josef tut so, als wäre er überrascht. Er bittet die Zwei in die Küche. Dort sieht es etwas unaufgeräumt aus. Auf die Frage, wo seine Familienangehörigen sind, antwortet er eher schüchtern. "Sie arbeiten in Samnaun."

Die zwei Kommissare sehen, das Leben in dem Tal ist nicht einfach. Das Tal ist ziemlich kalt und eine gängige Infrastruktur gibt es auf dem Reschen nicht. In Zeiten der geschlossenen Grenzen war das Leben dort einfacher.

Auf die Frage, ob er noch schmuggelt, antwortet er ziemlich gelassen: "Ja". Seine Lagerräume zeigt er freiwillig und ohne jeglichen Druck. In der Küche liegen vier Handys. Das macht Monika stutzig. Mit einem Zeichen gibt sie Toni zu verstehen, er solle Josef mal etwas ablenken. Monika will nur sehen, wem die Handys gehören und welche Rufnummern sie haben. "Das sind die Handys meiner Knechte", sagt Josef, als er das Interesse Monikas bemerkt. "Wo sind die?"

"Sie arbeiten in der Tenne und im Stall."

Beim Besuch des Stalles, fallen Monika recht hektische Tätigkeiten auf. In der Tenne stehen zwei Fahrzeuge mit polnischen Targas. Unter den Knechten ist eine Frau. Und die erkennt Monika. Barbara. Barbara ist wunderschön und nicht so dürr wie ein

Kleiderbügel. Angeblich ist sie zu Hause im Urlaub.
Toni möchte Barbara vernehmen. Josef gibt ihm das
gute Zimmer dafür. Eigentlich sind auf Bauernhöfen
die guten Zimmer nur für Sonntage und Feiertage
reserviert. Es sei denn, besondere Feierlichkeiten
liegen an. Gäste kommen natürlich auch in den
Genuss des guten Zimmers. Dafür müssen sie sich
auch nicht extra die Haxen abkratzen oder gar das
Schuhwerk wechseln. Gastfreundschaft auf ländliche
Art eben.
Barbara zeigt sich überrascht. Sie hat nie behauptet,
im Urlaub zu sein. "Wer hat das gesagt?", will sie
wissen.
"Ihre Mitbewohner in Bozen", antwortet Monika.
Toni hält sich etwas zurück. Monika kann das Herz
und den Mund einer Geschlechtsgenossin leichter
erweichen. Barbara spürt sofort, woher der Wind
weht. "Ich arbeite in Bozen ein bis zwei Mal die
Woche. Unsere Familie möchte essen. Ich sorge dafür.
Die Damen von hier machen das für Posten, Gold,
Geld, Grundstücke und Luxus. Auch für einen
Trauschein mit anschließender Scheidung. Was ist
das? Etwa kein Strich?"
Monika muss lachen. Toni schmunzelt bei der
Bemerkung. Eigentlich hat er Barbara jetzt im Sack.
Die richtigen Fragen und er erfährt so ziemlich Alles.
"Barbara; sag mir mal, ob ihr hier auch Diebesgut
lagert."

"Hier nicht. Das verteilen wir sofort auf unsere Lastwagen."

"Warum stehlt ihr?"

"Wir müssen essen und trinken. Unsere Ärzte wollen jetzt auch Geld. Wir haben auch kranke Eltern."

Toni versteht das. Monika sicher auch.

"Gab es Streit mit Soltan?"

"Soltan war mein Freund. Wir hätten nie gestritten."

Die Aussagen klingen wahr. Auch am Gesicht ist keine Spur einer Lüge.

"Kennst du Jolka?"

"Aber ja. Wir gehen zusammen in Bozen anschaffen."

"Wer ist die Chefin? Jolka oder du?"

"Das Finanzielle macht alles Jolka."

"Kommt bei euch auch Hannes kassieren?"

"Der ist leicht glücklich zu machen."

"Steht ihr auch in der Bar neben eurem Wohnhaus?"

"Aber sicher."

"Barbara; geb mir mal bitte deine Telefonnummer."

"Ruf mich aber bitte nicht an. Unsere Telefone kontrolliert irgend Jemand."

"An welchen Tagen erreichen wir dich in Bozen?"

"Ganz sicher, am Freitag. Unseren Standort kennt ihr ja. Du musst aber unbekannte Freier schicken."

Eigentlich hat Toni alles erfahren, was er betreffs des Schmuggels erfahren wollte. Das Diebesgut wird kaum zwischen gelagert und sofort weg gefahren. Gerade auch in kleinen Mengen. Das Lager ist dann sicher zu Hause in Polen.

Monika hat von den Telefonen die Nummern aufgeschrieben. Das zu überprüfen, überlässt sie einer anderen Abteilung.

Die Befragung der anderen Knechte brachte trotzdem dieses und jenes Detail ans Licht. Auf alle Fälle, kennen sich Alle untereinander. Offensichtlich werden auch die Kollegen bisweilen versorgt. Immerhin sind die auch sehr lange von zu Hause weg.

Josef hört, wie Monika, Toni fragt, wo sie jetzt etwas essen gehen.

"Wir haben jetzt Jause", sagt Josef und lädt die Zwei dazu ein.

Die Tür öffnet sich und sämtliche Knechte kommen herein. Sie decken schnell den Tisch. Das Essen hat Josef schon fertig gemacht. Es dauert nicht lange und zwei junge Frauen kommen hinzu. Sie arbeiten nicht auf dem Hof. Sofort nach dem Eintreten reichen sie die Hand zum Gruß und stellen sich mit Linda und Zelma vor. Toni hört ihren Ungarischen Akzent. Ihr Abend ist schon ausgebucht. Sie arbeiten in einem Hotel des Ortes. Abends müssen sie wieder gehen. Zum Abdecken. Ein Polnischer Knecht lästert: "Zum decken." Alle am Tisch lachen.

Barbara erklärt das Monika etwas genauer. "Die Kolleginnen kommen oft sehr spät oder erst früh am Morgen."

"Du kennst sie?", fragt Toni.

"Wir kennen uns alle untereinander."

Toni fragt die Frauen und Josef, ob er deren Zimmer mal sehen darf. Josef ist sofort einverstanden. Linda wirkt etwas aufgeregt. "Unser Zimmer sieht etwas aus. Wir hatten bis jetzt keine Zeit zum Putzen." Monika sagt den Zweien, sie sind Einiges gewöhnt. Barbara bestätigt das und beruhigt ihre Kolleginnen. Das Zimmer sieht aus wie die in Bozen. Es liegen Pariser und Unterwäsche herum. Die Betten sind mit Flecken sämtlicher Körperflüssigkeiten garniert. Zelma wird knallrot dabei und kann sich schlecht das Lachen unterdrücken. Monika kann sich einen Scherz nicht verkneifen. "Masturbieren müssen sie sicher nicht mehr."

"Das scheint nur so", antwortet Linda. "Wie ist es bei ihnen?"

Zelma lacht und gibt Linda ein Küsschen. Toni kann sich das Lachen schlecht verkneifen. Bei der Suche im Zimmer fällt den Beiden nichts auf. Nur, die vielen Handys. "Wir haben für jede Verbindung ein Handy", sagt Linda. "Kann ich die mal kurz kontrollieren?", fragt Monika. "Bitte", antwortet Zelma.

"Tatsächlich", sagt Monika. "Jedes Handy hat eine Verbindung im Telefonbuch."

Die Zwei verabschieden sich und werden freundlich verabschiedet.

Josef bringt die Zwei an die Tür. An der Tür werden sie von Josefs Frau empfangen. Sie kommt gerade nach Hause. "Oi", sagt sie kurz zu den Zweien. "Josef hatte mich schon angerufen. Habt ihr Etwas gefunden?"

"Nein. Schönen Tag noch."

"Danke, gleichfalls."

Die Knechte striegeln gerade zwei Haflinger. Das Haar der Pferde zupfen sie sorgfältig ab und sammeln es in einem Sack. "Wir machen Schmuck daraus", sagt ihnen ein Knecht.

"Zigeunerkunst aus Polen", antwortet Toni.

Alle lachen.

Auf der Heimfahrt werten die Zwei ihre Erkenntnisse aus. Sie scheinen der Lösung näher zu kommen. Die Frauen arbeiten für ihre Familien und Kinder. Die sind nicht kriminell. "Wir müssen uns deren Umfeld genauer ansehen", sagt Monika. Toni findet auch keine Hinweise auf die Zuhälterei der männlichen Kollegen. Das scheint sich tatsächlich um Volksmund zu handeln. Es gibt aber Hinweise darauf, die Männer der Frauen scheinen ihre Tätigkeit zu organisieren. Darek hat nach den bisherigen Erkenntnissen, seine Handelsgüter gekauft. Er ist von Haus zu Haus gefahren und hat dort, nicht benötigte Dinge gekauft. Das Gleiche hat er in Hotels, Leihbetrieben und Gaststätten getan. Er ist ein ehrlicher Händler von Gebrauchtgütern. Die Nachfrage zu Hause scheint groß zu sein.

Im Büro bekommen die auch die entsprechenden Meldungen der Zollbehörden. Es gibt keine Hinweise über Zollvergehen und versuchten Schmuggel.

Bei den Schmugglern und Dieben muss es sich also um andere Leute handeln. Die Frage ist jetzt, ob die Soltan auf dem Gewissen haben.

"Von irgend Jemand müssen die aber die Hinweise bekommen", sagt Toni. "Es gibt trotzdem Verbindungen zu den Schmugglern." Toni hat sich nicht umsonst verbissen in diese Vermutung.

Am kommenden Morgen fahren die Zwei nach Bozen. Sie sollen die Wohnungen wieder kontrollieren. In der Wohnung von Danuta und Witek auf der Trentiner Straße, haben ganz andere Personen geschlafen. Witek war nicht da und Danuta auch nicht. Jetzt gehen Toni und Monika schnell zur Vigilstraße. Sie sind überrascht. Witek ist hier und Danuta auch. In der dritten Wohnung schlafen Familienangehörige von Darek.

"Hier ist ganz schön Bewegung in der Belegung", sagt Monika. Jetzt gehen sie schnell auf den Parkplatz zu den drei Kleinbussen. Wie der Zufall es will, befinden sich da einige ausgebaute Autoradios und anderes Diebesgut. Wenn sie das jetzt anzeigen und ihre Kollegen bestellen, wird ihre Ermittlung schwer gefährdet. Toni fotografiert das. Mehr nicht.

"Heute ist Nachtdienst angesagt."

"Das sollte ich schon die Tage tun."

Toni telefoniert und bestellt einen Boten für Oliwia und Emese. Man muss sich treffen oder Nachrichten abholen. Es geht um den Abend von gestern.

Jetzt gehen sie in die Bar von Hannes. Der soll sagen, wer in der Wohnung von Barbara und Halina gerade wohnt. Kaum sind sie angekommen, steht auch schon Hannes vor ihnen. Er weiß, wer da ist. Sie gehen zusammen zur Familie von Darek. Jolka ist auch da. Sie streitet gerade mit Dareks Eltern. Es geht um eine geplante Hochzeit. Oliwia übersetzt Toni das Wesentliche. So, wie das Toni begreift, wollte sich Jolka scheiden lassen und Soltan heiraten. Die Familie war nicht einverstanden. Jolka hätte den Erbanteil des Familienvermögens halbiert. Der Familienbesitz besteht aus reichlich Land.

"Das ist ein Mordmotiv", sagt Toni zu Monika.

"Hören wir noch ein bisschen zu, was noch so Alles heraus kommt", antwortet Monika.

Jolka sagt, sie hätte mit ihrem körperlichen Einsatz immerhin erst mal den Familienbesitz gerettet. Die Eltern sehen das ein. Trotzdem bestehen sie darauf, das Land der Familie nicht teilen zu wollen. Insgesamt sehen sie die Tatsache des Todes von Soltan als eine Art Erlösung von dem Problem. Jolka auch. Sie entschuldigt sich für den Fehltritt. Die Familie hat ihr das großzügig verziehen. Wohl auch deswegen, weil Jolka ja immer noch, mit körperlichem Einsatz, das Familienvermögen sichert.

"Wir sind dir viel schuldig, Jolka", sagt der Vater Dareks. Jolka bedankt sich dafür. Soweit hat das Oliwia übersetzt. Mehr ist nicht wichtig, hat sie gesagt.

"Darek kann es aber nicht gewesen sein", sagt Toni."Darek hat ein sicheres Alibi, das von sehr vielen Kollegen bestätigt wird."

"Vielleicht war es Jemand von der Familie?", sagt Monika. "Wir müssen heraus bekommen, wann die hier waren."

"An sich, geht das leicht zu ermitteln. Wir fragen die Frauen und Hannes."

Hannes nickt. "Die waren im gesamten vergangenen Quartal nicht hier."

"Und wo anders?", fragt Toni.

"Das weiß ich nicht."

"Welches Auto fahren die Eltern?"

"Einen Kleinbus, wie sie im Hof stehen. Sie bringen den Überholten und nehmen einen Gebrauchten mit."

"Wer macht das sonst?"

"Entweder eine der Frauen oder die Männer."

Das scheint gut zu funktionieren. Toni kann das nach vollziehen. Dabei findet er keine erkennbare Spur. Es sei denn, irgend Jemand sagt, ein Familienmitglied sei da gewesen. Bisher gab es keinen Hinweis in der Art. Oliwia soll jetzt zu der Familie gehen und ihr sagen, Toni möchte mit ihnen sprechen. Gesagt, getan. Toni und Monika werden freundlich empfangen. Das Wohnzimmer liegt voller Würste, Trockenfleisch,Brot und sonstigen Gaben. Einige Fotos, Karten und Briefe von Freunden und Nachbarn sind dabei. Jolka hat feuchte Augen. Sie entschuldigt sich. Sie muss wieder zur Arbeit gehen.

Oliwia spielt die Dolmetscherin. Zwei Familienangehörige sprechen auch Deutsch. Etwas unsicher und nicht ganz perfekt.

Die Familie kannte Soltan persönlich. Er war ein Mal mit Darek da und zwei Mal ohne, Jolka besuchen. Man hat damals wegen der Hochzeit gestritten. Aber man hätte sich geeinigt. Jolka sollte als Mitgift, eine Ablöse bekommen. Sie war damit einverstanden. Soltan selbst hätte gesagt, er hat zu Hause auch viel Land als Erbe zu erwarten. Das Ganze geht also ohne nachhaltigen Streit zu lösen. Toni sieht sein Motiv zusammenbrechen.

'Was jetzt', denkt er sich.

"Wie hoch wäre denn die Ablöse?", fragt Monika trocken nach. Das scheint eher eine vergleichende Neugierde zu sein. Wie scheint, möchte sie das mit Südtiroler Verhältnissen vergleichen. Bei der Frage kommen stattliche Beträge heraus, bei denen selbst Südtiroler blass werden würden. Die Angebote reichen von stattlichen Einmalzahlungen bis zu lebenslangen Abfindungen in Form von Renten. Dabei schien ein Familienmitglied das andere, überbieten zu wollen. Toni schluckt, obwohl er selbst Nutznießer einer vergleichbaren Regelung ist. Jetzt begreift er langsam den Wert seiner Hütte. Dafür haben Familienmitglieder schwer gearbeitet.

Toni fragt die Familienmitglieder, was denn so die Frauen und Männer nach Hause überwiesen haben. Zuerst fanden die Familienmitglieder die Frage etwas zu intim. Nach einigen Erläuterungen sahen sie die Frage ein. Die Summen notiert sich Monika. Monika ist der Meinung, damit eine echte Spur zu finden. Bevor Monika und Toni gehen wollen, bieten ihnen die Eltern eine echte Spezialität an. Gesalzene Gänsebrust. Die Familie hat auch eine große Gänsefarm. "Speck aus Gänsebrust", ruft Toni und es duftet, wie in der Räucherkammer seiner Nachbarn. Dareks Vater schneidet ein paar dünne Scheiben ab, gibt ein Polnisches Brot dazu und bietet es den Zweien an. Toni kann nicht Nein sagen. "Ein Genuss", stöhnt er. Monika kann es nicht erwarten und probiert auch.

"Das fehlt noch bei uns auf der Hütte", gibt sie mit vollem Mund zum Besten. Dareks Vater gießt noch einen Selbstgebrannten ein. Den müssen die Zwei ablehnen. Die Polnische Familie hat Verständnis dafür. Nach dem Abgleich mit den bereits genannten Kosten für Unterbringung und Ernährung, sieht Monika einen Fehlbetrag bei den Einnahmen der Frauen. Und der ist nicht unerheblich. Jetzt müsste Monika noch heraus bekommen, was die anderen Frauen nach Hause schicken und die Ergebnisse vergleichen. Danuta macht gleich den Anfang. Die anderen Frauen werden folgen. Schließlich war Soltan einer ihrer Freunde. Oliwia und Emese wollen das gleich in die Hand nehmen. Vielleicht bestätigt sich Etwas, was Monika gleich vermutete. Entweder zahlen die Frauen Schutzgeld oder einen zusätzlichen Zuhälter. Die

Frauen müssen noch einmal einzeln vernommen werden. Monika glaubt, in der Gruppe oder im Rahmen des Zimmers, wäre das zielführender.

Am Abend gehen sie mit einigen Frauen ins Hokus - Pokus einkehren. Sie wollen endlich mal sehen, wie Witek und Danuta arbeiten. Das Hokus - Pokus ist eine gut besuchte Gaststätte auf mehreren Etagen in der Bozner Altstadt. Urig eingerichtet, verspricht es etwas Gemütlichkeit. Gegen zehn Uhr abends, füllen sich auch dort langsam die Plätze an der Bar mit jungen Damen. Viele kommen allein. Manche mit Begleitung. Sie gehen in die erste Etage. Die Etage wirkt etwas wie ein Raum mit ein paar Separees. In Jedem Winkel sitzt ein Pärchen. Der pakistanisch wirkende Kellner bietet ihnen sofort ein freies Separee an. Das hat sogar eine eigene Tür. Der Kellner fragt die Zwei, ob er die Tür schließen soll.

"Das ist nicht notwendig. Wir wollen Etwas essen und trinken", sagt Toni. "Ist Witek da?"

"Witek arbeitet eine Etage höher."

"Ist dort auch noch ein Tisch frei?"

"Sicher."

"Dann gehen wir zu Witek."

Der pakistanische Kellner wirkt etwas beleidigt.

"Und Bogus, wo arbeitet der?"

"Der arbeitet mit Witek zusammen. Bogus ist aber nicht da."

Toni gibt dem Kellner ein Trinkgeld. Jetzt wirkt er etwas gelöster und begleitet sie an den Fahrstuhl.

Das Essen ist gut und jetzt bekommen sie auch Witek zu sehen. Witek ist der Zahlkellner und der Kellner für die Aufnahme der Bestellungen. Bogus bringt die Getränke. Die Zwei sind gut organisiert. Die Bedienung funktioniert bestens. Zeit für ein paar Fragen, ist keine. Bogus ist entgegen der Behauptung des pakistanischen Kollegen, doch da. Wahrscheinlich sind ihm die Einnahmen wichtiger als der freie Tag. Nach dem Abendessen gehen die Zwei auf Beobachtungsposten. Das Haus der Vigilstraße ist gut besucht. Monika fallen die vielen Männer auf, die hinein gehen. Ohne Frauen. Sie kommen wieder mit Milena, der Barfrau. Und wo gehen sie hin? Zu dem Transporter mit dem vermeintlichen Diebesgut. Die Männer und Milena verabschieden sich mit einem Küsschen. Oben, aus einem geöffneten Fenster, winkt Liliana. Sie gibt ein paar Handküsschen.

Die zwei Männer gehen weg. Toni und Monika folgen ihnen. Es sind Lastwagenfahrer. Sie gehen in Richtung Innsbrucker Straße. Dort stehen ihre Lastwagen.

"Naja. Die Lieferkette haben wir jetzt. Wollen wir sie aufhalten?", fragt Toni.

"Mich interessiert nur, ob sie mit den Frauen irgendwie verwandt sind."

"Dann gehen wir zurück und fragen die Frauen."

Milena steht noch rauchend auf dem Hof. Die nimmt sich Toni gleich vor. Dabei kommt heraus, die Fahrer sind die Männer von Milena und Liliana.

"Eine Familienunternehmen", sagt Monika.

Die neuen Spuren

"Das ist kein Leben. Die Männer sind Transitfahrer in ganz Europa. Die Frauen sind Barfrauen und Kellnerinnen. Die sehen sich nie!", sagt Monika.
"Dagegen haben wir Glück", antwortet ihr Toni.
Monika gibt ihm ein Küsschen dafür.
"Jetzt kann ich sogar nach vollziehen, warum die sich eine Wohnung mieten", sagt Monika. "Im Hotel, in dem sie arbeiten, bekämen sie garantiert kein Zimmer oder viel Ärger mit dem Chef."
"In Personalunterkünften wird das nicht viel anders sein", pflichtet Toni bei. "Alles unter Beobachtung und Zeitdruck. Da ist ja selbst unser Stallvieh freier."
Die Übergabe von dem Diebesgut findet also direkt statt.
"Unsere Arbeit ist das nicht. Wir lassen das so", sagt Toni. "Die Organisation ist aber gut; fast ein Kompliment wert. Was zwingt diese Menschen, so zu handeln?"
"Wie ich es sehe, gehen von den Einnahmen auf dem Strich und vom Lohn, noch gewaltige Beträge weg. Dort sind unsere Übeltäter", sagt Monika. "Ich bin mir fast sicher, in dem Umfeld den Täter zu finden."
Die Nachtschicht ist schnell vorüber. Die Zwei gehen jetzt frühstücken. An die Tankstelle. Sie fahren mit dem Motorrad aus der Stadt auf die MEBO. Kurz nach dem Tunnel, steht das begehrte Objekt. Monika hat Hunger. Sie friert etwas. Drinnen ist reichlich

Andrang. Die Arbeiter stehen Schlange. Und nicht nur die. In der Schlange steht eine Bekannte. Linda. Linda vom Reschen aus Kappl. "Ich war arbeiten", sagt sie. Sie sieht übernächtigt aus.

"Hat sich' s gelohnt?", fragt Toni.

"Diese Nacht schon." Sie lächelt etwas aufgesetzt.

"Du musst jetzt hundert Kilometer fahren", sagt Monika. "Schlaf uns ja nicht ein."

"Ich habe heute frei. Gott sei dank."

Nach dem gemeinsamen Kaffeetrinken, verabschiedet sich Linda. Toni und Monika bleiben noch etwas.

"Ich denke, sie hat auch etwas Post mit nach Hause gegeben", sagt Monika. Mit Post meint sie Geld und eventuell, Diebesgut. Toni sieht das auch so. Auf den Strich kann sie auch wo anders gehen. In Meran oder Schlanders zum Beispiel.

"Wir verlieren uns laufend in die falschen Spuren", sagt Toni. "Wir gehen ständig den Frauen hinterher."

"Ich muss dich heute mal trösten", sagt Monika.

"Wir fahren jetzt oder heute Abend, trotzdem in die Vigilstraße. Ich schätze, wir sind der richtigen Spur ziemlich nahe."

"Zuerst gehen wir schlafen", stöhnt Monika.

Der Doppeldienst zehrt etwas.

Das Motorrad stellen sie wieder ab und fahren mit der Seilbahn auf den Aschbach. In der Seilbahn treffen sie ihren Lieferanten, Gerhard. Der hat frische Brötchen und auch etwas geräucherten Fisch im Beutel. Den gibt er Toni in die Hand. Auf der kalten Hütte essen die Zwei. In der Zwischenzeit wird es etwas wärmer. Sie gehen sofort schlafen.

Geweckt werden sie vom Telefon. Milos und Gabor, als auch Oliwia und Emese, haben einige Neuigkeiten. Sie haben zwischenzeitlich das Vertrauen ihrer Kolleginnen und Kollegen gewonnen. Sie wollen sich mit Monika und Toni treffen. Wie schon früher, vereinbaren sie das Treffen im Schnalstal. Waltraud ist zu Hause und nimmt das Telefonat Tonis an. Sie legt den Schlüssel zur Hütte.

"Das war eine kurze Nacht", sagt Toni gähnend. "Wir müssen ins Schnalstal. Bleibst Du hier?"

Monika überlegt kurz. "Nein. Ich komme mit."

Es ist Mittag. Waltraud hat schnell ein paar Knödel gekocht auf der Hütte.

Das Treffen mit den Spitzeln bringt völlig neue, interessante Ergebnisse. Die neuen Spuren führen ins bekannte Milieu. Wahrscheinlich ist doch Zuhälterei und Erpressung im Spiel. Jedenfalls haben die Spitzel heraus bekommen, die Frauen verdienen bedeutend mehr als sie nach Hause schicken. Bisher können Monika und Toni nur schätzen. Die Frauen bezahlen um die Hälfte ihrer Einnahmen an Andere. Zusammen gerechnet, handelt es sich um gewaltige Beträge. Toni ordnet sofort an, sämtliche Konten aller Beteiligten zu überprüfen. Er glaubt, dort des Rätsels Lösung zu finden. Monika sieht das ähnlich. Monika ist mittlerweile zum Inspektor befördert worden.

"Inspektor Monika", sagt Toni. "Das muss gefeiert werden." Monika ist damit eingestellt und kein freier Mitarbeiter mehr. Sie können jetzt täglich zusammen auf Arbeit und nach Hause fahren. "Hat das Marco eingerührt?", fragt Monika.

"Sicher", antwortet Toni.

Die Tür geht auf und Marco kommt. Er hat Prosecco in der Hand. "Ich gratuliere zur Beförderung!"

"Jetzt können wir nichts trinken", sagt Toni.

"Das trinken wir heute Abend bei Euch auf der Hütte."

"Alle? So viel Platz haben wir gar nicht."

"Wir gehen ins Restaurant. Ich habe schon angerufen. Ihr fahrt jetzt noch mal zu Silvio in die Alpenrast."

Marco gibt Toni einen Zettel in die Hand mit Fragen, die er gern geklärt haben möchte. Es betrifft Kontostände, Einnahmen und Ausgaben. Als das Toni liest, rollt er mit den Augen. "So viel verdient ein Hotelmanager? Warum bin ich Kriminaler?"

"Frag mal bei der Hotelgruppe. Du wirst staunen."

"Warum?"

"Bei denen verdient er das nicht. Deshalb sollst du ihn befragen. Schau auch gleich mal nach, welches Auto er fährt."

Das klingt schon ziemlich dringend. Kaum sind sie auf dem großen Parkplatz in Kurzras, sehen sie Darek an seinem Auto. Sie gehen zu ihm.

"Es gibt noch Fragen, Darek", sagt Toni.

Darek stellt sich nicht dumm und schon gar nicht unwissend. Er scheint sofort zu ahnen, worum es geht.

"Hast du heute frei?, fragt Toni.

"Ja. Ich will mal nach Bozen fahren."

"Deswegen haben wir ein paar Fragen."

"Gerne."

"Wann hat Jolka frei? Habt ihr wenigstens auch mal zusammen frei?"

"Schon. Aber sehr selten."

"Wer macht eure Schichtpläne?"

"Ich. Die werden im Büro kontrolliert und bei Bedarf angepasst."

"Wann triffst du deine Frau?"

Darek scheint langsam zu begreifen, um was es wirklich geht.

"Ich hole sie manchmal von ihrer Arbeit in Bozen ab."

"In der Nacht?"

"Ja. Manchmal ist die Zeit bis zum Frühstücksservice ziemlich knapp."

"Schläfst du auch manchmal in der Vigilstraße?"

"Selten. Meist schlafe ich in der Trentiner."

"Macht Jolka die Abrechnung mit dem Vermieter?"

"Ja."

Das Ja klingt etwas aufgeregt. Darek scheint das ziemlich zu stören. Er verzieht sichtbar das Gesicht.

"Wir suchen schon eine geraume Zeit eine andere Wohnung. Mit unseren Papieren ist das nicht einfach. Die Vermieter wollen einfach zu viel."

Im Büro hinter der Rezeption treffen sie Silvio. Seine Sekretärin hat heute statt dem Kurzen Schwarzen ein noch kürzeres Blaues an. Toni meint, zeitweise den Zwickel zu erkennen. Zufällig hört er, wie Silvio sie ruft. Alenka! Das ist sicher kein Italienischer Name. Alenka hört Toni und Monika kommen. Sie geht sofort zur Rezeption.

"Ist der Chef im Haus", fragt Toni.

"Ja. Ich sage ihm Bescheid."

"Woher kommen sie, Alenka?"

"Aus Polen."

"Darek kennen sie?"

"Darek kommt aus unserem Nachbarort."

"Und die Vigilstraße in Bozen kennen sie auch?"

"Ja. Flüchtig."

"Was macht Dareks Familie zu Hause?"

"Viehzucht und Landwirtschaft."

"Und ihre Familie?"

"Das Gleiche. Nur bedeutend kleiner."

"Lebt ihr davon gut in Polen?"

"Wenn wir davon leben könnten, wären wir nicht hier."

Oh. Toni schluckt. Die Antwort kam wie eine Ohrfeige. Silvio kommt.

"Wir brauchen mal einen Raum, in dem wir uns ungestört unterhalten können."

Silvio wirft Toni und Monika einen fragenden Blick zu.

"Wir gehen ins Konferenzzimmer." Er geht vor und die Zwei folgen ihm. Eine Bedienung ist sofort zur Stelle

und fragt, was sie wollen. Das Jausen - Buffet ist noch aufgebaut. Silvio bestellt Kaffee und etwas Kuchen.
"Uns interessiert, wie die Trentiner und die Vigilstraße in Bozen organisiert ist", sagt Monika.
Silvio ist etwas überrascht. Toni beobachtet das genau.
"Was wollt ihr darüber wissen?"
"Naja. Zuerst, wer diese Wohnungen vermittelt hat."
"Ich. Ich komme aus dem Viertel und kenne Hannes, den Besitzer der Häuser."
"Wer mietet die Wohnungen der Arbeiter?"
"Wir. Wir mieten sie als Personalwohnungen."
"Also, zahlt die Hotelgruppe an Hannes die Miete?"
"Ja. Wollt ihr die Abrechnung sehen?"
"Gerne", sagt Toni.
Silvio geht an seine Ordner und sucht den betreffenden. Monika schaut Toni an. Toni nickt mit den Augen.
'Die gehen doch bei den Frauen tatsächlich doppelt kassieren' denkt sich Toni. 'Einmal mit der Miete als Betriebsausgabe und einmal in die eigene Tasche.'
"Wo hat denn eure Hotelkette überall Hotels?"
"Naja. Eigentlich in Bozen, im Unterland, in Brixen, im Vinschgau und sogar im Pustertal."
"Da ist ja Bozen sozusagen, das Zentrum für die Personalunterkünfte."
"Wir haben auch in den Hotels noch Kapazitäten. Vor allem, wenn die täglichen Arbeitswege zu weit sind."

"Wer organisiert die freien Tage?", fragt Monika noch nach.

"Hauptsächlich die Abteilungsleiter und ich genehmige das oder nicht."

"Damit weißt du Bescheid, wer gerade frei hat und wer nicht?"

"Exakt."

"Weiß das außer dir noch Jemand?"

"Die Kollegen von denen, die frei haben."

"Hannes auch?"

"Den rufe ich an wegen der Zimmerbelegung."

"Dein Konto ist ziemlich geladen", sagt Toni.

"Oh. Habt ihr mein Konto kontrolliert?"

"Naja. In einem Mordfall ist das nicht ungewöhnlich."

"Ich bekomme hier und da ein paar Zuwendungen von Firmen, die bei uns buchen."

"Für spezielle Zimmer oder Leistungen?"

"Das dürft ihr aber bitte nicht meiner Hotelgruppe sagen. Es gibt schon Firmen, die Seminare und so weiter, bestellen. Die geben mitunter ein Trinkgeld."

"Gehen wir Kaffee trinken", sagt Monika. Sie hat den Kuchen des örtlichen Bäckers entdeckt.

Im Grunde wissen sie jetzt Bescheid. Silvio organisiert den Strich mit Hannes zusammen. Ob jetzt noch andere Hoteliers mit drinnen stecken, müssen die Zwei noch heraus finden.

"Welches Auto fährst du, Silvio?", fragt Toni.

"Den Maserati in der Tiefgarage."

"Den Ghibli?"

"Ja."

"Gebraucht gekauft?"

"Ist das wichtig?"

"Gut, Silvio. Wir sehen uns sicher wieder. Bis zum nächsten Mal."

"Tschüß. Wir sind demnächst bei euch, Monika."

"Alle?"

"Ja. Zur Betriebsausfahrt."

"Bis dann!"

Vor der Tür sagt Monika, "den haben wir schon im Sack."

Nach dem Treffen fahren die Zwei wieder ins Büro. Verena hat Toni eine Notiz auf den Tisch gelegt. Die Familie von Jolka war auch da. Auf dem Zettel steht nicht, ob es die ganze Familie war oder nur die Eltern. Also, war nicht nur die Familie von Darek in Südtirol, sondern auch die Familie von Jolka. Der Kreis der Verdächtigen wächst.

Interessant wäre jetzt, zu erfahren, wann sie da waren. Zunächst wollen die Zwei heraus bekommen, welche Autos die jeweiligen Familien fahren. Bei Dareks Familie ist es klar. Bei Jolkas Familie wird das nicht viel anders sein. Die Nummern hat sich Monika schon notiert. Jetzt werden die Zwei Kontakt mit Sterzing und dem Mautsystem von ANAS aufnehmen. Deren Videos werden benötigt. Die ASFINAG aus Österreich kann ebenfalls sehr behilflich sein. Da die Kollegen dort so und so ermitteln, dürfte die Antragstellung kein Problem darstellen.

Langsam aber sicher trudeln die Kollegen ein. Man möchte die Beförderung von Monika feiern. Auf dem Aschbach, im Wasserfallblick. Die Kollegen fahren mit dem Kleinbus. Monika und Toni bevorzugen die Seilbahn. Schon allein deswegen, weil sie morgens gern mit dem Motorrad fahren.

Kaum treffen sie im Restaurant ein, stehen die Kollegen auf und applaudieren. Monika bekommt einen Umschlag. Nach dem Öffnen darf sie lesen, die Kollegen schenken ihr eine Fahrausbildung für das Motorrad. Für die Praxis darf sie schon mal einen Scooter nutzen. Der steht unten am Arbeitsplatz.

Am folgenden Morgen fragt Toni leicht verkatert, ob sie es mit dem Motorrad versuchen, auf Arbeit zu fahren.

"Du bist noch zu besoffen", antwortet Monika. "Willst du etwa so auf Arbeit fahren wie die Anderen?"

Die Zwei entscheiden sich, mit der Bahn zu fahren. Nach fast einer Stunde Fußweg ins Büro, fühlt sich Toni wieder frischer. Das braucht er jetzt auch. Jolka muss befragt werden. Sie fahren mit dem Dienstauto nach Bozen. In der Bar von Hannes trinken sie noch Kaffee. Hannes wirkt heute nicht so frisch wie gestern. "Gestern war eine lange Nacht", sagt er.

"Wo ist Jolka?", fragt Monika. Hannes wirkt etwas misstrauisch.

"Jolka ist noch da. Sie schläft in der Trentiner Straße."

"Also bei Witek und Danuta?"

"Ja."

Die Zwei gehen in die Trentiner Straße. Jolka ist da. In der Wohnung sind gerade acht Personen. Witek sagt, sie haben die dritte Wohnung in der Vigilstraße für Besuch frei gemacht. Das klingt glaubwürdig. Danuta bietet den Zweien gleich Kaffee an. Den lehnen sie nicht ab. Beim Kaffeetrinken fragen sie Jolka noch einmal, wann denn ihre Familienangehörigen nun in Südtirol waren.

"Eigentlich ist fast jeden Monat ein Familienmitglied hier bei uns."

"Wegen der Autos?", fragt Monika.

"Nein. Sie kaufen ein paar Lebensmittel und Dinge, die zu Hause gebraucht werden."

"Wie viele Geschwister hast du?"

"Drei. Die Eltern und Großeltern kommen auch manchmal mit."

"Du hattest uns aber gesagt, in letzter Zeit keinen Besuch bekommen zu haben."

"Der Besuch galt nicht unbedingt mir. Es geht um Arbeit, Bewerbungen und Erntehilfe."

"Gut. Danke."

Die Auswertungen von den Autobahnkontrollen werden das bestätigen. Toni erwartet die schon im Büro. Damit sind die Angehörigen von Jolka schon mal im Visier von Toni. Er möchte gern wissen, wie die zu Jolka und Soltan standen und stehen. Die Polnischen Kollegen müssen das zu Hause heraus bekommen.

Jetzt gehen sie hinüber in die Vigilstraße. Auf dem Hof steht ein Auto mit Ungarischem Kennzeichen. Monika fragt sofort, ob eventuell Soltans Familie wieder da ist. Volltreffer. Aus dem Grund, sind die anderen Wohnungen stark belegt. Man zieht zusammen, um etwas Platz zu gewinnen.

Toni geht mit Monika sofort zur dritten Wohnung. Nach dem Klopfen öffnet eine schöne Frau mit dunklem Haar. Sie ist schätzungsweise vierzig Jahre alt. Sie bittet Monika und Toni herein. Beim Betreten begrüßen die Kommissare zwei junge Männer und eine noch schönere junge Frau. "Meine Kinder", sagt Jolanda. Sie stellt ihre Kinder auch gleich vor. Bei dem Namen Kolozs tritt ein recht stämmiger junger Mann hervor. Als sie Lajos nennt, zeigt sich ein schlanker, gewitzt wirkender junger Mann. Beim Aufruf von Viola hebt die Tochter die Hand. Die erste kurze Befragung ist nur einem Thema gewidmet. Monika möchte wissen, als was die Kinder Jolandas arbeiten und wo. Kolozs arbeitet in einer deutschen Autofabrik in Ungarn. Lajos arbeitet als Kellner und scheint das Lieblingskind von Jolanda zu sein. Er bringt wahrscheinlich das meiste Geld nach Hause. Viola ist Verkäuferin in einer Österreichischen Kette. Bei der kurzen Befragung wird schnell klar, warum Soltan in Südtirol arbeitete. Kolozs verdient bei der Deutschen Autofirma zu wenig und Viola geht es nicht anders bei dem Österreichischen Händler. Lajos arbeitet im Sommer am Balaton. Im Winter in Österreich. Er hat mit Soltan die Familie ernährt. Tragisch ist das, weil Lajos endlich seine eigene Familie gründen will. Er hat sich dafür ein Haus gekauft. Sein Gehalt fällt damit in Zukunft schon mal aus.

Eine weitere Befragung wäre eigentlich sinnlos, weil Toni sofort bemerkt, der Familie fehlt jedes Motiv. Sie werden doch nicht ihren Haupternährer umlegen. Ganz ausschließen kann er die Familie trotzdem nicht. Manchmal gibt es so starke Motive, die selbst in die Grundfeste einer Familie eingreifen.

Die Verabschiedung ist freundlich. Jolanda drückt Toni noch eine halbe Ungarische Salami in die Hand. Toni weiß in dem Moment gar nicht, wie er reagieren soll. Er nimmt die Pick Einhundert ganz steif entgegen und drückt sie Monika in die Hand. Jolanda hat ein paar Tränen in den Augen.

"Wir werden den Täter finden", sagt Monika.

"Das bringt mir Soltan nicht zurück", antwortet Jolanda schluchzend.

Vor der Tür sagt Toni zu Monika, "die waren es ganz sicher nicht."

"So sicher bin ich mir nicht. Eigentlich wissen sich die Ungarn etwas zu helfen. Der Autoteilemarkt funktioniert gut dort."

"Du meinst, sie nehmen sich Autoteile mit als Lohn, der ihnen vorenthalten wird?"

"Sicher."

"Das geschieht der Firma recht!"

"Damit entsteht aber ein Schwarzmarkt. Und der ist mitunter auch gefährlich."

"Stimmt, meine Gute."

"Wir müssen noch einmal umkehren. Ich habe vergessen zu fragen, wie Soltan zu Jolka stand."

Die Zwei gehen zurück zu Jolanda. Die steht schon im Hausflur und streitet mit Hannes. Monika versteht ein paar Brocken. Es geht um Geld. Als Jolanda, Toni sieht, hält sie inne. "Eine Frage habe ich noch. Wie weit war die Beziehung zwischen Soltan und Jolka fortgeschritten? Haben Familienangehörige davon gewusst?"

"Ja. Meine Kinder haben davon gewusst. Wir waren schon mit dem Ausrichten der Hochzeit beschäftigt. Hier, auf dem Land, wird das noch traditionell gefeiert. Drei Tage lang. Für so einen Anlass, muss bei uns, Einiges vorbereitet werden."

"Ah. Und die liebe Jolka hat ihr Tanzgeld schon in Bozen eingesammelt", wirft Emese ein. Sie hört die ganze Zeit zu.

"So kann man das auch sehen", bestätigt Jolanda.

"Wir jedenfalls, bekommen nichts geschenkt."

Emese beruhigt sich sofort. Sie fühlt sich angesprochen. Ihre Dienstreise samt eventuellem Vergnügen, zahlt die ungarische Bevölkerung.

"Wann waren sie das letzte Mal in Südtirol?"

"Meine Kinder sind öfter hier als ich. Fragen sie bitte die."

Im Grunde muss das Toni nicht erfragen. Emese bekommt das auch so heraus. Dann gibt es noch die Videobeweise von den Mautstationen und Kamerasystemen. Tonis Büro könnte das genauer sagen als die Mutter der Kinder.

Eigentlich ist Alles gesagt. Monika möchte Hannes noch Etwas fragen.

"Wir haben bei dir recht hohe Kontobewegungen festgestellt", sagt sie zu Hannes.

"Ich habe mehrere Häuser. Die kosten auch Etwas."

"Danke. Wir werden das prüfen."

Das Gespräch beendet Monika sofort. Eigentlich ist Alles, was sie wissen wollten, gesagt worden.

Vor der Tür sagt Monika, "die Ungarn waren es meiner Meinung nach nicht."

"Offensichtlich haben sie Forderungen an Hannes", sagt Toni. "Mir scheint, da deutet sich bald eine Erpressung an."

"Umsonst werden die Kinder nicht gekommen sein", sagt Emese. "Wir haben auch diverse Hoteliers am Garda mit Hannes gesehen. Nicht hier; im Restaurant."

"Oh! Jetzt wird es lustig", sagt Toni. "habt ihr die erkannt?"

"Aber sicher. Einige Frauen haben uns gesagt, wer es ist. Es sind schließlich ihre Chefs."

"Das machen wir im Büro. Langsam aber sicher, können wir unsere Tarnung aufgeben."

"Das Restaurant auf dem Aschbach wäre uns lieber",
sagt Emese und lacht dabei.
"Genehmigt. Machen wir es wieder dort."
Oliwia gesellt sich in die Runde auf dem Hausflur.
"Ich hab das jetzt mit den Lieferungen von dem
Diebesgut heraus bekommen. Das wird in kleinsten
Mengen, gut gestreut, in über fünfzig Fahrzeugen
nach Polen gebracht."
"Das ist die Aufgabe eine Sonderermittlungseinheit",
sagt Toni. Er bedankt sich bei Oliwia. Oliwia wird das
in Polen melden. Ihre Behörden werden sich darum
kümmern. Das Netzwerk wird ihres Wissens, von
Wenigen geführt. Die Landsleute sind nur Lieferanten.
Sozusagen, freie Mitarbeiter. Die österreichischen
Kollegen sind in der Beziehung schon etwas weiter.
Oliwia arbeitet auch mit ihnen zusammen. "Der
Lorbeerkranz wird ganz sicher nicht an die Südtiroler
Kollegen gehen", sagt sie lachend. Monika und Toni
geben ihr Recht. "Wir wollen den Preis auch nicht."
Offensichtlich geht es auch um Schmuck. Deren
Besitzer haben wahrscheinlich eine Prämie
ausgesetzt. "Wer es sich leisten kann",sagt Toni,
"könnte sicher auch Privatdetektive auf die Diebe
hetzen."
"Wir arbeiten da bedeutend effektiver", gibt Oliwia
lächelnd zu Besten.
Langsam aber sicher, muss Toni zugeben, mit der
Ermittlung im Milieu, gar nicht so falsch zu liegen.
Wahrscheinlich liegt die Spur doch in diesem Umfeld.

Wenn jetzt noch Menschenhandel und Scheinhochzeiten dazu kommen, wird die Ermittlung für die Zwei zu umfangreich. Selbst Marco kann da nicht helfen. Die Frauen berichten jetzt bereits von Ukrainerinnen mit falschen Pässen. Das hat eine deutsche Mafia eingeführt. Offensichtlich reichen denen ihre Arme sehr tief in diesen Sumpf. Toni und Monika tun das erst Mal als Volksmund ab, obwohl das von den betreffenden Frauen selbst so geäußert wird. Ihre ersten Bezugspersonen wären Deutsche gewesen. Das Gleiche sagen auch die Frauen aus Polen, Ungarn, Rumänien und Jugoslawien. Das Thema ist den Zweien zu heiß. Sie wollen sich auf den Mord konzentrieren.

Die angesprochenen Hoteliers kommen aus ganz Südtirol. Das ist den Zweien auch viel zu groß. Sie müssen sich zwar der Spuren bedienen, können aber schlecht Ermittlungen gegen alle Genannten führen. Der Mord würde dadurch nie aufgeklärt werden. Sie versetzen sich in die Situation von Soltans Hinterbliebenen.

Sie konzentrieren sich jetzt auf Geldflüsse. Dort sehen sie die Hauptspur.

Toni gibt Oliwia und Emese die Weisung, die Mietabrechnung direkt zu kontrollieren. Damit müssen sich die Zwei dafür stark machen, Jolka und Danuta, auch Barbara, die Zahlungen weitgehend aus der Hand zu nehmen. Monika, Emese und Oliwia sollen Luca bei der Eintreibung unter die Lupe nehmen. Wem übergibt der das Standgeld? Das ist nicht einfach. Luca geht schwer zu verfolgen. Die anderen Frauen würden sofort merken, wenn eine der Beiden verschwindet. Ein gespielter Freier muss wieder zur Arbeit. Toni kennt einen aus seinem Büro. Patrick. Patrick bekommt den Auftrag, gelegentlich eine der Beiden Kolleginnen, als Freier abzuholen. Er muss sich etwas in der Nähe der Frauen aufhalten und abwarten, wann Luca kassieren kommt. Dann soll er Oliwia oder Emese in seine Wohnung mitnehmen. Zumindest soll dieser Eindruck entstehen. Die entführte Kollegin kann dann mit ihm, Luca verfolgen. Toni ist noch etwas misstrauisch. Monika soll mit Abstand folgen und kontrollieren. Toni will verhindern, Luca das Abschütteln seiner Verfolger zu ermöglichen.

Der Tag ist damit erst mal geschafft. Bei der Sichtung der bisherigen Unterlagen, beschließen die Zwei, das Umfeld von Hannes genauer zu beschatten.

In der Bar von Hannes arbeiten zwei Angestellte. Manuel und Emil. Beide sind Einheimische. Emil ist der Sohn eines Ungarischen Saisonarbeiters und der Südtiroler Mutter. Der Ungarische Saisonarbeiter lebt nicht mehr hier. Emil lebt bei seiner Mutter als Ernährer der Kleinfamilie. Monika plant, Emese dort ins Spiel zu schicken. Emese bemerkte einmal nebenbei, Hannes würde an ihr etwas Gefallen finden. Sie glaubt, mit etwas körperlichen Einsatz, ihm und Emil etwas näher zu kommen. Oliwia wurde von ihren

Kolleginnen bereits zu einer Heimfahrt eingeladen. Sie weiß noch nicht genau, was die Kolleginnen mit Heimfahrt meinen. Den Gardasee oder wirklich das zu Hause in Polen. Um das heraus zu bekommen, braucht sie noch ein oder zwei Tage. Sie weiß jetzt immerhin, ein Großteil ihrer Kolleginnen kommt aus den Nachbarorten ihrer Heimat. Darin sieht sie auch die kleine Gefahr, erkannt zu werden.

Die Nacht ist kurz. Kaum liegen die Zwei auf dem Aschbach im Bett, klingelt das Handy von Toni. Die Nachricht ist extrem traurig. Jolanda ist tot in ihrem Zimmer gefunden worden. Ihre Söhne haben sie gefunden, nachdem sie Viola verabschiedet haben. Toni fährt mit dem Dienstauto, mit dem sie auch nach Hause gefahren sind. Das Wetter ist miserabel. Die Seilbahn fährt noch nicht.

Jolanda wurde schon in die Pathologie gebracht, als Toni und Monika eintrafen. Der Bericht kommt wahrscheinlich schon heute. Kolozs sitzt weinend auf dem Bett seiner Mutter. Lajos scheint das gelassener zu nehmen. "Ich habe das irgendwie erwartet. Mutter wusste zu viel. Wie Soltan."

Jetzt wird Toni nicht nur hellhörig. Er wird ehrgeizig. Schon bei Jolanda hatte er erwartet, von ihr endlich einen Tipp zu bekommen.

"Lajos, die Verschwiegenheit hat offensichtlich nichts gebracht. Vielleicht willst du mir sagen, was hier vor sich geht?"

Monika vermutet, 'hier gibt es Jemand, der sich schützen muss. Wer war bei allen Gesprächen zugegen?' Sie sieht einen zentralen Punkt. 'Irgendeine Gruppe oder Einzelperson verfügt über alle Informationen. Wo laufen diese Informationen zusammen?' Der Kopf von Monika arbeitet.

Toni verfolgt den gleichen Weg. Er möchte heraus bekommen, welche Beteiligungen bei den einzelnen Geschäften, Gaststätten und Hotels bestehen. Vielleicht findet er dort Zusammenhänge.

Lajos möchte mit Monika und Toni reden. "Aber nicht hier", hat er gesagt.

"Müssen wir dich nach dem Gespräch in Sicherheit bringen?", fragt Toni. Lajos weiß es nicht.

"Wir nehmen Lajos und Kolozs mit zu uns", sagt Monika. "Zumindest so lange, bis sie wieder nach Hause fahren."

Alle fahren ins Bozner Büro. Dort liegen schon die Laborergebnisse. Jolanda ist vergiftet worden. Morgen können die Laboranten sagen, was Jolanda gegessen und getrunken hat. Das wäre dann schon eine entscheidende Spur.

"Wart ihr gestern noch einmal auswärts Essen?", fragt Toni die zwei jungen Männer.

"Nein. Wir haben unser Essen kommen lassen. Pizza."

"Und die Getränke?"

"Ein paar Getränke haben wir von zu Hause mit gebracht. Einige Getränke haben wir im Laden gekauft."

"Wie sieht es aus mit Kaffee, Tee zum Frühstück und zur Jause?"

"Jolanda hat in letzter Zeit, Baldriantee getrunken. Soltans Tod hat sie sehr mitgenommen."

"Ist das Geschirr noch da?"

"Nein. Das haben alles die Toxikologen mit genommen."

"Gut danke. Mein Beileid."

Die ersten Ergebnisse kommen.

Die Beweise

In Jolandas Baldriantee sind reichlich Spuren von Eisenhut gefunden worden. Jolanda ist praktisch im Schlaf gestorben. Das beruhigt die zwei Söhne etwas. Ihre Mutter hat sich wenigstens nicht quälen müssen. Die Söhne gehen von Selbstmord aus. Toni und Monika nicht. Jolanda sah nicht so aus, als wöllte sie ein Geheimnis mit ins Grab nehmen. Sie hatte Monika auch angedeutet, ein paar mehr Fakten zu präsentieren.
Jetzt kommt es darauf an, die zwei Söhne zu animieren, endlich ein paar Fakten zu nennen.
Lajos kennt in etwa die Zusammenhänge mit Soltans Tod. So viel er weiß, wollte Soltan mehr Geld. Er hat seinem Gesprächspartner, Luca, aufgefordert, das Standgeld mit der Miete zu verrechnen. Außerdem haben Soltan und später auch Jolanda darauf bestanden, mit den Zahlungsempfängern direkt Kontakt aufzunehmen. Die Frauen und Mädchen wollten höhere Anteile. Schließlich sind sie Diejenigen, die das Geld erst verdienen. Neben diversen Vermutungen fällt auch der Name, Hannes. Dazu gibt es Namen aus Brixen, Meran, Bozen und Bruneck. "Alle sind das nicht", beteuert Lajos. Er nennt noch vier weitere Namen aus der Umgebung, die er gehört hat. Monika wundert sich. Es sind auch Namen von Frauen dabei. Die alle zu besuchen, wäre den Zweien zu viel Arbeit. Sara und Verena haben wieder

Einladungen und Ladungen zu verschicken. Nach dem Gespräch mit Lajos wird den Zweien klar, es handelt sich um hunderte Frauen. Es geht leicht um ein paar Millionen. Den zwei Ermittlern ist das zu groß. Toni übergibt die Daten den Carabinieri. Mit der Übergabe der Daten, haben sich die zwei Ermittler endlich den Freiraum geschaffen, sich auf die Ermittlungen in ihrem Mordfall konzentrieren zu können. Monika atmet auf.

Trotzdem müssen sich die Zwei darauf konzentrieren, wohin Luca die Einnahmen bringt. Toni schätzt, er möchte die Einnahmen persönlich abrechnen. Dafür wird er keine Boten nutzen.

Oliwia und Emese beschatten Luca. Sie sind nicht allein. Milos und Gabor machen mit. Deren Tarnung ist noch nicht aufgeflogen. Bei Oliwia und Emese vermutet Toni, dass die sich schon in Gefahr befinden. Es gibt auch bei den Frauen undichte Stellen. Das zumindest, hat Emese schon angedeutet. Sie spricht von wachsendem Misstrauen zwischen den Frauen. Gabor, einer der Spitzel, spricht wiederholt von Treffen am Gardasee. Er hat heraus bekommen, Luca und Ferenc, als auch Hannes und andere, treffen sich regelmäßig am Garda. Monika möchte das genau wissen. Die Spitzel sollen jetzt heraus bekommen, wann das kommende Treffen stattfindet. Einfach wird das nicht. Emese bietet sich wieder an, mit Hannes intim in Kontakt zu treten. "Vielleicht schwätzt er Etwas aus", sagt sie. "Das kommt auf deine

Fähigkeiten an", antwortet lachend Monika. "Wie du zu Werke gehst, bekommst du auch das Passwort seines Kontos heraus."

Toni sieht eine Gefahr für Emese. Er würde lieber Danuta, Barbara oder Milena los schicken. Die haben bis jetzt intime Kontakte zu Hannes. Bei denen würde Hannes nichts merken. Emese gibt nach. Gleichzeitig möchte sie die Frauen vergattern. Das Vorgehen muss geheim bleiben. Wenn Eine redet, fliegt die Falle auf. Im Grunde muss das jetzt gelöst werden. Die Frauen müssen weiter zusätzlich arbeiten können. Sie brauchen das Geld. Trotzdem müssen sie geschützt sein vor Zuhälterei. Toni soll das organisieren. Ohne Marco, der Gemeindepolizei und den Carabinieri läuft da nichts. Die Gemeinde muss bestimmte Straßen legalisieren. Die Polizei muss gut kontrollieren. Trotzdem dürfen die Zuhälter und Kassierer nichts bemerken. Man ist sich einig. Die Falle muss ziemlich schnell zuschlagen. Schon zwei Wochen nach Einführung der Regelungen, werden das alle Beteiligten wissen.

Ein Problem besteht noch. Keiner weiß, wer das eingenommene Geld außer Landes schafft. Das Geld lässt sich nicht überweisen. Und wenn, dann in hunderten kleinen Beträgen. Dafür braucht es aber irgend eine Scheinfirma oder gar mehrere.

Die Frauen sollen das Geld markieren. Marco erhofft sich damit ein paar Informationen. Die Nummern diverser Scheine, auch kleiner, werden jetzt erfasst.

Die Frauen schreiben täglich die Nummern auf. Die Banken des Landes werden angewiesen, die Nummern zu verfolgen. Schon nach einer Woche, stehen die Empfänger in diversen Meldungen. Neben Beraterfirmen, sind Handels- und Baufirmen genannt. Sogar Gebäudereinigungs- und Zeitarbeitsfirmen sind dabei. Toni wundert sich nicht mehr. Genau das, hatte er erwartet.

Die Firmen müssen aber jetzt nicht unbedingt Hehler sein. Jetzt bliebe festzustellen, ob sie dafür irgendwelche echte Leistungen erbracht haben. Bei Handwerksleistungen ist das relativ leicht zu erkunden. Bei Beratungen hingegen, kann ein Hehler sehr leicht Großbeträge einholen. Dort läge der Ansatzpunkt für Toni. Es gilt, heraus zu finden, wer welche Firma besitzt und betreibt.

Monika soll jetzt ermitteln, ob verdächtige Gastronomen, zufällig auch Anteile in den erwähnten Firmen besitzen oder gar deren Eigentümer sind.

Das wird etwa eine Woche dauern, schätzt Toni. In der Zeit, wird er die Protokolle der Aussagen studieren. Der Tisch mit den Akten liegt bereits voll. Toni erhofft sich zusätzliche Erkenntnisse und versteckte Hinweise.

Beim Studieren der Unterlagen werden die Zwei schnell klüger. Eigentlich brauchen sie nur diesen Spuren nachgehen. Trotzdem wollen sie den Weg dieses Geldes umfassend kennen lernen.

Bei der Spurenauswertung an der Verpackung von Jolandas Baldriantee, wurden Fingerabdrücke gefunden. Die Zwei wollen es kaum glauben. Keiner rechnet damit, da, die Fingerabdrücke bestimmter Personen zu finden. Zumal der Tee im Regal eines Geschäftes stand. Als festes Beweismittel in einer Richtung ist der Tee damit auch ausgeschlossen. Die Abdrücke können zufällig, bei einer Produktsuche darauf gekommen sein. Hannes hat sich auf der Verpackung verewigt. Das führt die Zwei natürlich in die Bar von Hannes.

Manuel steht hinter dem Tresen. Bei seiner Befragung stellt sich heraus, die Bar gehört Hannes, aber Manuel und Emil sind die Pächter. Ihre GmbH nennt sich Freude - Vigil - GmbH. Als Monika den Namen hört, muss sie laut lachen. Manuel lacht mit. Freude und Fürsorge als GmbH in einem Namen, lässt Monika schon Einiges vermuten. Zumal das "Vigi" als Teil des Wortes, im deutschen und italienischen Sprachgebrauch schon allein viel aussagt. Der Name ist klug ausgewählt. Die Bar ist auch recht gut besucht. Auf die Frage, warum Hannes nicht da ist, antwortet Manuel, "er ist am Garda."

Die Alarmglocken läuten bei Toni. "Wo finde ich Hannes am Garda?" Manuel wird etwas unsicher. "In seinem Haus."

Monika fragt sich jetzt, ob sich Manuel verplappert hat. Vielleicht weiß er gar nicht, was vor sich geht.

"Sind bei euch auch manchmal leichte Damen in der Bar?", fragt Toni.

"In welcher Bar sind keine?", fragt Manuel zurück und lacht.

'Wo er Recht hat, hat er Recht', denkt sich Toni.

"Wo hat er denn sein Haus am Garda?", fragt Toni.

Manuel bemerkt jetzt, er hat einen gewaltigen Versprecher hingelegt. Zuerst zögert er noch etwas. Dann trinkt er einen Schluck.

Monika und Toni wollen bis zum Abend abwarten. Gleichzeitig beobachten sie abwechselnd das Haus und die Bar. In dem Viertel ist das nicht einfach. Sie werden fortwährend gegrüßt. Die Anwohner wissen, hier läuft Etwas.

Gelegentlich geht Monika in die Vigilstraße. In einer der Wohnungen trifft sie Liliana, die Barfrau. Patrick ist bei ihr. Sie trinken zusammen Kaffee. Patrick schleimt sich wahrscheinlich ein bei ihr. Er hat reichlich Kuchen mitgebracht.

"Milena ist nicht zufällig zu Hause?", fragt Monika. "Sie hat gesagt, heute wäre ihr freier Tag."

"Die sind mit Hannes in sein Haus am Garda gefahren", antwortet Liliana. Patrick nickt still dazu. Er hat sich wahrscheinlich mit Liliana schon angefreundet.

Jetzt geht Monika ein Licht auf, was die Mädchen mit Garda meinen.

"Warst du auch schon dort?"

"Ja. Mehrmals."

"Wo ist das Haus?"

"Zwischen Cisano und Lazise. Hannes hat auch ein schönes Boot in Lazise. Wir sind schon ein paar Mal auf den See gefahren damit."

"Danke, Liliana. Ich versuche mal, Hannes dort Unten zu erreichen."

"Er hat ein Handy." Liliana gibt Monika die Nummer. Offensichtlich gibt sich Hannes kein bisschen heimlich; eher offen.

"Ist Hannes allein mit den Frauen am Garda?"

"Nein. Da sind immer Freunde mit da."

"Hast du auch Partys mit gefeiert?"

"Natürlich!"

Weiter will Monika nicht fragen. Den Rest kann sie sich denken.

"Denke nicht schlecht von mir, Monika. Ich suche hier einen Mann, damit ich hier bleiben kann. In der Bar kann ich mir den richtigen Mann aussuchen. Ich muss nicht mit Männern gehen, die mir nicht gefallen."

Patrick lacht.

Zum Feierabend gehen die Zwei ins Büro. Dort kontrollieren sie, ob Nachrichten eingetroffen sind. Es gibt reichlich Post.

Beim Durchblättern findet Toni Hinweise. Es gibt Kontobewegungen. Und zwar reichlich. Die Zwei müssen das morgen mit den Rechnungen abgleichen. Büroarbeit bei dem Wetter? Das kommt wie gerufen für die Zwei. Monika wollte ein paar Hefter mit nach

Hause nehmen. Toni hat sie scharf angesehen. "Aha", sagt Monika. "Duschen wir heute zusammen?"
Das Auto lassen sie Unten stehen. Sie fahren mit der Seilbahn nach Oben.
Im Bett sagt Monika zu Toni, die Frauen, die bei Hannes im Haus am Garda sind, werden Alles berichten. Die Kolleginnen, die schon dort waren, melden sich morgen im Büro. Toni staunt.
"Wer hat das eingerührt?"
"Barbara", antwortet Monika. "Liliana ist nicht ganz unbeteiligt. Sie will unbedingt die Aufklärung von Soltans Tod. Die anderen Frauen auch."
Der erste Blick Tonis am Morgen geht in Richtung Fenster. Monika ist schon auf gestanden. 'Ein Traum, dieses Weib', denkt sich Toni. Er betrachtet Monika von hinten am Fenster stehend. 'Wenn ich jetzt Malen könnte...', denkt er sich.
"Wie fühlst du dich heute?", fragt Monika.
"Erleichtert", antwortet Toni und Monika muss lachen wegen der Antwort.
"Wie fühlst du dich?", fragt er zurück.
"Etwas schwerer", sagt sie und kichert dabei.
An der Tür hängt heute kein Beutel. Toni hat nichts bestellt.
"Essen wir ein Mus zum Frühstück?", fragt er Monika.
"Eine Suppe wäre mir recht."
Monika kocht schnell eine Einbrennsuppe. Sie nimmt Musmehl dazu. Toni hat noch etwas Sahne im Haus. Die hat er mit Zucker und Vanille zusammen,

eingekocht. Auf die Idee kam er einmal, als er in Brno zu einem Motorradrennen war. Im Laden entdeckte er gezuckerte Kondensmilch. Die hält offen recht lange und passt gut zu der Einbrennsuppe.

Das Wetter ist relativ gut heute. Trotzdem fahren sie mit dem Dienstauto. Monika fühlt sich auf ihrem neuen Scooter noch nicht so sicher. Den lässt sie noch etwas in Meran stehen.

Im Büro widmen sie sich gleich den Akten. Ein paar neue Umschläge öffnet Toni. Er findet gute Hinweise zu Kontenbewegungen. Nach dem Studium lässt Toni von Verena, Vorladungen drucken. Er lädt Hannes, Luca und vier Hoteliers vor. Deren Aussagen werden jetzt protokolliert. Die Frauen lässt Toni komplett aus dem Spiel. Marco hat ihm das so geraten. In seiner Post findet Toni reichlich hinweise aus Brixen, Bruneck und Bozen. Frauen aus den Hotels, stehen auch in Bozen.

Dazu hat Marco noch Erkenntnisse von diversen Diebstählen und den damit verbundenen Schmuggel. Die Österreichischen Kollegen haben bei Stichkontrollen, Einiges gefunden. Ein paar Besitzer haben sich die Mac-Adresse von ihren Geräten notiert. Die haben sie für diverse Installationen benötigt. Und genau damit, haben die Beamten, gestohlene Geräte gefunden. Die Fahrer sind oft die Männer von den Frauen, die sowohl in Österreich als auch in Südtirol dienen. Bei Handys für um die einhundert Euro würde sich eine Ermittlung nicht lohnen. Eher bei den wahnwitzigen Preisen von tausend Euro aufwärts. Toni kann nicht verstehen, warum sich Leute für tausend Euro ein Telefon kaufen. Trotzdem erklärt es ihm jetzt, warum die den ganzen Tag auf dieses Teil glotzen und sogar mit ihm reden. Jetzt fehlt nur noch der Beischlaf mit dem Telefon; in der Hoffnung, es bekäme Junge.

Von den Fahrern wurde bisher keiner inhaftiert. Alle konnten sich heraus reden. 'Das hat ein Tramper vergessen' und viele andere Argumente. Große Mengen, die als Vergehen angesehen werden könnten, sind nicht dabei. Das Geschäft ist damit schon mal sicher für die Diebe. Wer so berauscht ist, unbedingt ein Handy in dieser Preislage besitzen zu müssen, sollte zumindest entsprechend sorgsam damit umgehen. Toni lacht etwas schadenfroh bei diesem Bericht.

Monika fallen ein paar Kreditlinien auf. Die Kredite wurden über Österreichische Banken abgewickelt. Die hiesigen Kollegen drängen darauf, zu kontrollieren, ob tatsächlich in dem Umfang gebaut und gekauft wurde. Marco hat das als Schwerpunkt erkannt. "Die Großbeträge werden mittels Tilgung außer Landes geschafft", deutet er an. Die Zwei werden jetzt beauftragt, nachzuschauen, ob tatsächlich in dem Umfang gebaut oder gekauft wurde.

Monika und Toni fahren mit dem Dienstauto nach Brixen. Um diese Zeit ist auf der alten Brennerstraße der Teufel los. Ein Stau jagt den anderen. Toni fragt sich, warum der Straßendienst gerade zur Hauptverkehrszeit, Bäume fällt und Markierungen erneuert. "Wir sparen den Nachtzuschlag für unsere Arbeiter", sagt Monika.

"Ich würde erst mal den Abgeordnetenzuschlag einsparen", antwortet Toni lachend. "Die werden ja besser bezahlt als Schauspieler."

"Sind sie etwa keine Schauspieler", antwortet Monika. Die Beiden amüsieren sich über diesen oder jenen Vertreter im Landesparlament. Politiker wollen sie die nicht nennen. "Politiker sind Gesellschaftswissenschaftler und keine Rechtsverdreher", sagt Toni. Monika gibt ihm ein Küsschen für diese Aussage. "Also gibt es bei uns gar keine Politiker", gibt Monika lachend zum Besten. "Wenn die wenigstens Träumer wären...", antwortet Toni.

In Klausen steht Alles. Stau. "Fahren wir auf die Autobahn auf?", fragt Toni. "Mach hin", antwortet Monika. Sie sieht schon den Feierabend in Gefahr. In Brixen angekommen, gehen sie ins Hotel "Zum Legat". Sie werden von Martin nicht erwartet, aber schon an der Rezeption begrüßt. Martin unterhält sich gerade ausgelassen mit seiner slowakischen Rezeptionistin. Monika zwickt Toni in den Hintern, als sie das sieht.

"Hast du einen Moment Zeit für uns", fragt Toni.

"Ah, Bozen besucht uns", antwortet Martin in der Absicht, nicht verraten zu wollen, wer ihn besucht.

Sie gehen gemeinsam ins Büro. Martin bestellt etwas Kaffee und ein paar kleine Happen zum Frühstück. "Wir möchten die Bücher kontrollieren", sagt Toni. Martin ist hell auf begeistert. Er ruft seine Sekretärin. Monika freut sich verfrüht, endlich mal eine Landsmännin zu treffen. Nach drei Worten bemerkt sie, der Anschein trügt. Sie hört einen Akzent, der sie an die osteuropäischen Kollegen erinnert. Etwas Südtirolerisch schlägt durch. Die Sekretärin hat offensichtlich einen Mann gefunden in Südtirol. Das glaubt sie jedenfalls beim Anblick der Rocklänge. Keine Zwickelschau wie in Kurzras. Ganz zivil, der Auftritt der Dame, die mehr Wert auf den Farbkasten zu legen scheint.

"Hauptsächlich geht es uns um ihre Darlehen", sagt Toni. Martin wird etwas hell höriger. "Arbeitet ihr für die Finanz?"

"Nein. Für die Gerechtigkeit."

"Dann seid ihr hier richtig", kontert Martin.

Den Unterlagen nach zu urteilen, hat Martin fast fünfzehn Millionen abzudrücken. Monika sieht das ziemlich entspannt. "Bei einem Hotel in der Größe, ist das normal", sagt sie. Jetzt bemerkt Toni, ein Großteil des Darlehens kommt aus Österreich.

"Sind die Kredite günstiger als unsere hier?", fragt er Martin.

"Nicht unbedingt", antwortet er. "Wir haben aber teilweise mit Österreichischen Firmen gebaut. Die haben uns die Kredite vermittelt."

Toni glaubt, dem Ziel etwas näher gekommen zu sein. Die vorgeladenen Hoteliers und Hannes kommen gerade gefahren. Toni lässt das Sitzungszimmer räumen. Er möchte ausnahmsweise, Alle zusammen verhören. Er hofft auf Widersprüche zwischen den Herren. In einem Nebenraum hat Toni, Barbara, Petr und Halina platziert. Sie werden von Oliwia und Emese begleitet. Die Technik für Mitschnitte ist aktiviert. Es gibt Kaffee, Tee, alkoholfreies Forst und verschiedene Säfte. Sara hat ein paar Brote belegt. Toni startet seine Befragung mit einem Videofilm. In dem Film werden Soltan und seine Bergung gezeigt. Anschließend läuft ein Film von der Innsbrucker Straße in Bozen. Die Frauen, die von allen Ermittlern erkannt wurden, werden extra vorgestellt. Sowohl an ihrem Hotelarbeitsplatz als auch am Standplatz in der Innsbrucker Straße. Videoaufnahmen von Hannes' s Bar. Sogar von Innen und Außen. Die Aufnahmen der Trentiner und Vigilstraße sind dabei. Auch Aufnahmen aus den Höfen dieser Häuser. Dabei sind Frauen aus genau den Hotels, deren Direktoren, Toni vorgeladen hat. Wie üblich, werden deren Reaktionen auch gefilmt. Auf die Auswertung freut sich Toni ganz besonders.

Die Aufnahmen sind zwar keine Beweise, könnten aber Reaktionen auslösen. Und auf genau die, warten die Ermittler. Wie erwartet, gibt es Reaktionen als Toni zwei Frauen in das Zimmer führt. Die Frauen zeigen auf ihre Chefs, nachdem Toni sie aufforderte. Jetzt wird es lustig. Die Herren, welche ganz kühl auf unschuldig setzten, werden von den Frauen erkannt. Die zwei Frauen sind Zimmermädchen in Brixen und Bozen. Martin vom Hotel "Legat" in Brixen und Stefano vom Hotel "Holzschnitt" in Bozen. Die anderen Chefs fühlen sich erleichtert. Toni schwört Monika, das wird nicht lange anhalten. Wenn Barbara oder Halina über die Treffen am Garda auspacken, wird es lustig. Es reicht, wenn diese zwei Frauen, ihre Chefs erkennen und aussagen, sie am Garda getroffen zu haben. Barbara und Halina wollen eh nicht wieder ach Südtirol kommen. Toni hat ihnen auch davon abgeraten, wieder auf Arbeit zu gehen. Um den offenen Lohn soll sich die Gewerkschaft kümmern.

"Habt ihr von dem Strichgeld Etwas einbehalten? Oder gab es da keine Möglichkeiten?", fragt Toni, Halina.

"Die Möglichkeiten waren sehr begrenzt, weil Luca oft die Freier fragte, was sie uns gegeben haben."

"Und sonst gab es keine Kontrollen?"

"Doch. In unseren Wohnungen. Dort hat Hannes und auch seine zwei Barkollegen nachgeschaut."

Die Aussage bringt Toni auf die Spur des vergifteten Tee' s. Jetzt kann er Hannes und seine Kollegen direkt unter Druck setzen mit Mordverdacht.

Nach der Aussprache und den damit verbundenen Vorwürfen, werden alle Vorgeladenen eingesperrt. Untersuchungshaft. Der Knast ist voll belegt. Bei der

Anfrage im Trentino wird ihnen eine freie Zelle zugesagt. Die Verhafteten bekommen eine kostengünstige Ausfahrt in die Nähe des Gardasees. Jetzt geht es an die Videoauswertung. Zu dieser Auswertung kommen auch noch Videos von der Autobahngesellschaft. Die Tage der Fahrten ins Blaue lassen sich ziemlich genau rekonstruieren. Jetzt muss das mit den Daten der freien Tage der Frauen abgeglichen werden. Und siehe da, auf den Videos ist auch ein Silvio zu sehen. Der Maserati war stets voll besetzt.

Die Frauen aus Kurzras werden jetzt zur Befragung eingeladen. Alle; auch die Sekretärin. Die Frauen der Hotels der verhafteten Chefs, werden auch komplett eingeladen. Die Carabinieri der Orte müssen tatkräftig helfen. Viele Frauen sprechen, außer ihrer Landessprache, nur Italienisch. Oliwia und Emese haben voll zu tun. Alle Befragungen werden aufgezeichnet und nachträglich übersetzt.

Die Ergebnisse, welche täglich anfallen, bringen Tatsachen ans Licht, von denen Toni nur träumen konnte. Ein Volltreffer.

Monika soll jetzt in die Bar gehen und die zwei Kollegen von Hannes befragen. Die haben sie nicht zur großen Befragung eingeladen. Toni geht mit, aber in die Trentiner Straße. Er möchte sehen, wer alles im Zimmer von Danuta und Witek übernachtet. Der Besuch erweist sich als Volltreffer. Janek und Kamil haben frei und sind bei Danuta. Die Überraschung steht aber noch unter der Dusche. Alenka, die Sekretärin von Silvio. Genau die, wollte Toni schon immer mal allein treffen. Er bittet die Anderen, die Wohnung zu verlassen. "Schäferstündchen?", fragt Danuta.

"Willst du mitmachen?"

"Gerne. Für hübsche Polizisten auch kostenlos."

Toni muss sich zusammenreißen. Beim Anblick von Danuta weiß Toni sofort, warum sie so viel Trinkgeld bekommt im "Hokus Pokus". Danuta ist nur leicht bekleidet.

Die Tür der Wohnung geht auf und Monika tritt ein.

"Oh! Da komm ich ja gerade rechtzeitig."

Der Blutdruck von Toni senkt sich blitzartig. Er ist wieder Herr der Sache. Zwischenzeitlich beendet Alenka ihr Bad. Sie kommt im halb offenen Bademantel ins Wohnzimmer. Toni schluckt bei ihrem Anblick. Monika stellt sich ihm sofort in den Blickwinkel. Sie zeigt Toni ihrem Rücken und schaut Alenka tief in die Augen. Alenka schließt sofort ihren Bademantel bis oben recht fest.

"Waren sie auch mit am Gardasee?"

"Ich bin gerade zurück von dort."

"Ohne ihren Chef?"

"Der hat uns doch hier her gefahren."

"Wo ist der gerade?"

"Er ist bei ihrer Befragung."

"Die ist doch schon lange beendet."

"Dann ist er vielleicht noch in der Bar von Hannes."

"Auf wen wartest du heute?"
Alenka gibt dazu keine Antwort. Monika entschließt sich, zu warten. Dazu gehen die Zwei vor das Haus. Sie stellen sich etwas abseits an die Bushaltestelle. Es dauert nicht lange und es kommt Manuel getrödelt. Er biegt ins Haus ein. Monika nimmt die Spur auf. Nach vorsichtiger Kontrolle, winkt sie Toni herbei. Jetzt rennen die Zwei das Haus hinauf zur Wohnung von Danuta und Witek. Monika klopft nur einmal und kurz danach öffnen sie die Tür. Treffer! Alenka hat mit Danuta auf Manuel gewartet.
Die Situation nutzt Toni natürlich gern aus, um Manuel unter Druck zu setzen.
"Wer hat den Tee von Jolanda gekauft?"
Die Frage liegt nahe, weil auf der Packung die Fingerabdrücke von Hannes waren.
"Emil hat den mitgebracht und Jolanda gegeben. Emil spricht gut Ungarisch."
"Wer hat an diesem Tag das Zimmer kontrolliert?"
"Hannes und ich."
"Wer von euch hat den Eisenhut in den Baldriantee gemischt?"
"Eisenhut? Was ist das?"
"Wo wohnst du, Manuel?"
"Am Kaseracker in Oberbozen."
"Gut. Melde dich für heute mal ab. Wir fahren zusammen zu dir nach Hause."
Manuel scheint zu ahnen, worum es geht.
"Ich bin gleich wieder da."

"Monika geht mit dir."
Toni bewundert Alenka. Alenka stört das kein bisschen.
"Wollen sie mich auch verhaften?"
"Eine strenge Körpervisite wäre mir lieber. Danke. Wir sind für heute bei euch fertig."
Im Hof des Hauses wartet Toni etwas, bis Monika mit Manuel eintrifft. Jetzt fahren sie zusammen auf den Ritten.
Die Zeit scheint etwas ungünstig. Es ist reger Verkehr. Werksverkehr. Auf halbem Weg, sehen sie warum. In einer größeren Keksbäckerei scheint gerade Schichtwechsel zu sein. Monika muss sogar aufpassen, keinen Unfall zu haben. Die Arbeiter verlassen wie entfesselt das Gelände.
"War heute Lohntag?", fragt Toni, Monika.
Alle lachen.
Richtung Oberbozen biegen sie links ab. Von hier aus sehen sie den Schlern und den Laurin leuchten. Sie kommen an den Wolfsgruber See. Rechter Hand ist ein Parkplatz mit einem gut besuchten Imbiss.
Monika tropft schon wieder der Zahn.
"Wir müssen weiter", sagt Toni.
Es dauert nicht all zu lange und sie sind zu Hause bei Manuel. Der Vater ist gerade im Stall. Ein paar Kühe sind noch draußen. Und siehe da. Im Gärtchen vor dem Haus steht Eisenhut.

Alle steigen aus. Manuel läuft zu seinem Vater und sagt ihm, wer die Beiden sind. Manuels Mutter kommt auch gelaufen. Sie hat das Auto kommen sehen. Thomas, der Vater von Manuel, stellt sich und seine Frau, Lisa vor. Toni will nicht gleich mit der Tür ins Haus fallen. Das übernimmt freundlicherweise, Manuel selbst.

"Die suchen bei uns Eisenhut. Mit dem ist unten in Bozen eine Frau vergiftet worden."

"Wir haben Eisenhut. Daraus machen wir eine Einreibung für unsere Kühe."

"Kann das Jemand bei euch gestohlen haben?"

"Ja schon. Lisa ist tagsüber auf Arbeit und ich auch."

"Manuel. Hast du Eisenhut mit in deine Bar genommen?"

Manuel wird etwas rot. "Nein."

"Thomas, wir müssen Manuel mitnehmen in die Untersuchung."

Lisa packt Manuel ein paar Sachen ein. Ihre Augen sind etwas feucht. Thomas klopft Manuel auf die Schulter.

"Wann kommt Manuel wieder?", fragt Lisa.

"Hoffen wir, bald", antwortet Toni.

"Pack uns mal bitte eine Probe von eurem Eisenhut ein", sagt Toni zu Thomas.

Thomas hat einen kleinen Vorrat an getrockneten Blüten und Wurzeln. Von jedem packt er etwas ein.

"Das muss zur Analyse", sagt Toni. Thomas versteht das eher gut und nickt.

Sie fahren wieder zusammen nach Bozen. Im Büro wollten sie Manuel noch etwas befragen. Der aktuelle Zustand von Manuel spricht dagegen. Er weint.
"Ruh dich erst mal eine Nacht aus", sagt Toni zu ihm. Die Vernehmungen von den Anderen sind beendet. Die Ergebnisse kann Toni wieder abgleichen. Monika hat Hunger. Sie drängt etwas und schlägt heute vor, Essen zu gehen und die Unterlagen mit nach Hause zu nehmen. Toni ist heute etwas weniger gereizt. Er ist mit dem Vorschlag einverstanden.
"Wo gehen wir Essen?"
"Wir fahren nach Auer zu Viktor."
"Der Einfall ist gut. Dort können wir uns sogar noch ein paar Schnitzel mitnehmen."
Gesagt, getan. Bei Viktor ist zwar reichlich Betrieb, aber Viktor erkennt Toni sofort. Monika bestellt. In zehn Minuten haben die Zwei ihr Essen. Viktor gibt ihnen den Kaffee dazu aus. Bei einem lockeren Gespräch, zeigt Toni auf Wunsch Viktors, ein paar Fotos von den Frauen. Viktor vermutet, wer deren Zuhälter ist und erkennt Hannes und Silvio. Jetzt geht selbst Toni das Licht auf. Das ist eigentlich der Beweis, den Toni die ganze Zeit suchte. Sogar der Maserati von Silvio ist Viktor nicht unbekannt.
Monika möchte vier Schnitzel mit nach Hause nehmen. Die schenkt ihr Viktor.
"Richte Lukas und Frieda einen lieben Gruß von mir aus."

Auf der Hütte angekommen, lesen die Zwei nach dem Duschen und Essen die Unterlagen.

"Wir müssen heraus bekommen, wie die Fingerabdrücke von Hannes auf den Teebehälter kommen", sagt Monika.

"Ich gehe davon aus, dass Hannes unbemerkt von Manuel den Eisenhut dort entwendet hat."

"Damit hätte er ja Manuel absichtlich belastet."

"Vielleicht war das seine Absicht."

"Morgen fragen wir, diverse Zeugen, ob sie Hannes haben wegfahren sehen."

"Vielleicht sollten wir den Tee selbst noch nach Genspuren untersuchen lassen? Ich bin mir sicher, dort Spuren von Hannes zu finden. Den Weg nach Oberbozen, können wir ihn ohne Zeugen nicht nachweisen."

Am Morgen geben die Zwei den Tee noch mal ins Labor. "Der Tee, insbesondere der Eisenhut, muss auf persönliche Spuren untersucht werden", sagt Toni.

"Wir brauchen eine Gegenprobe."

"Nehmt bitte die von Hannes. Die habt ihr ja schon auf der Verpackung gefunden."

"Gut. Das dauert einen Tag. Vielleicht haben wir das schon heute Nachmittag."

Die Zwei verabschieden sich. Jetzt gehen sie in die Vigilstraße zu den Frauen. In der dritten Wohnung schlafen wieder zwei Fahrer. Die Frauen sind etwas nervös, weil sie Nachstellungen wegen Diebesgut vermuten. Monika beruhigt sie und wird mit Toni sofort zum Kaffee eingeladen. Es gibt polnischen Streuselkuchen dazu. Frisch von zu Hause. Toni tropft der Zahn bei dem Anblick. Er erinnert sich an den Kuchen. Den hat er bei einem sächsischen Koch als Zupfkuchen gegessen. Die Frauen bestätigen ihm das auf seine Nachfrage. Der Kuchen ist Schlesisch. In Sachsen leben auch viele ehemalige Schlesier oder Ostpreußen. Beide Seiten des mit Vanillequark gefülltem Kuchen sind aus Schokoladen - Mürbeteig. Oben als Streusel und unten, als Boden. Reichlich Rumrosinen sind in der Füllung. Sie sind schön weich und saftig.

"Beim Kuchen essen, Geografie und Geschichte lernen, ist mir schon Recht", sagt Toni zu Jolka.

"Wann kommt Darek und Witek wieder?"

"Witek hat, glaub ich, schon wieder frei. Hat eine deiner Freundinnen, Hannes vergangene Woche nach Oberbozen fahren sehen?"

"Ja. Frag mal Oliwia und Emese. Halina war sogar mit." Toni isst zur Freude drei Stück von dem Kuchen. Er kann es nicht fassen. Der Beweis sitzt direkt vor ihm. Er muss jetzt Halina telefonisch erreichen. Oliwia vermittelt das.

Hannes hat die Fahrt nach Oberbozen also so getarnt, als würde er eine seiner Frauen, ausfahren. 'Vorsatz', denkt er sich. Oh, das gibt mindestens lebenslänglich. Toni träumt schon von einer Beförderung. Er freut sich, Hannes und sein Umfeld, schon eingesperrt zu haben. 'Die können mir nicht mehr weglaufen.'

Bei den Verhören und Diskussionen stellte sich heraus, Hannes und seine Partner unter den Hoteliers unterhalten einen organisierten Ring an Prostitution. Nach Angaben der Frauen zu urteilen, wurden den Frauen keine dreißig Prozent ihres Verdienstes zugestanden. Die Verteilung ihrer Gewinne auf Konten im Ausland, wurde mittels Reisen zu Treffen, Messen und Tagungen organisiert. Die Finanzpolizei redet von hunderten von Konten in Form von Geschäftskonten von Beraterunternehmen. Und nicht nur das. Es sind auch hunderte Vereine im Spiel. An die wurden großzügige Spenden verteilt. Für Toni war das viel zu groß und er freut sich, das den Carabinieri übergeben zu haben.

Die Aufklärung

In den Unterlagen waren aber nicht nur die Erfolgsnachrichten der Carabinieri zu lesen. Es finden sich bestimmte Hinweise zu dem Umfeld der Ungarischen Gastarbeiter und zu dem Mord an Soltan. Die Carabinieri sind einverstanden, mit der Aushebung des Ringes um die Prostitution so lange zu warten, bis Toni und seine Monika, den Mord geklärt haben. Emese und Oliwia haben zusammen mit Milos und Gabor, ganze Arbeit geleistet. Gerade bei der Aufdeckung der Geldbewegungen, haben Gabor und Milos entscheidende Ermittlungen geführt. Die Vier haben sich sehr gut in die Szene integriert und wurden teilweise als ihr Bestandteil betrachtet. Milos war es sogar gelungen, selbst als Bote zu arbeiten. Und damit hat er wahrscheinlich auch den Bezug zu Soltans Tod hergestellt.

Die Vier müssen jetzt in Sicherheit gebracht werden. Am kommenden Tag, fahren sie ins Schnalstal, um in der Hütte von Tonis Mutter, Abschied zu feiern. Es gibt Tränen, gutes Essen, etwas zu Trinken und das bei verstärktem Objektschutz.

Auf der gemeinsamen Heimfahrt waren die Frauen der Meinung, Silvios Auto gesehen zu haben. Auf die Frage, ob er in Richtung Kurzras fuhr, antworten alle, Tal einwärts wäre es gewesen. In Richtung Juval.

In den nun folgenden Befragungen muss jetzt ermittelt werden, wer Jolanda und Soltan ermordet hat. Die Beweise sind zielführend und gut, stellen alle Beteiligten fest. Mit den Helfern aus Polen und Ungarn werden die Telefonnummern getauscht. Die Kollegen wollen wissen, ob ihre Arbeit geholfen hat. Monika und Toni sind wieder allein am kommenden Morgen. Marco ist im Pustertal voll eingespannt. Er ist dort dem Ring auf der Spur. Dort arbeitet er von Anfang an mit den Carabinieri zusammen.

Toni bereitet die Befragung von Manuel vor. Monika kümmert ich heute um Hannes. Beide denken, in sechs bis acht Stunden das Ergebnis zu haben. Manuel gesteht endlich, Hannes war an einem Tag, dem Tag vor Jolandas Tod, nicht im Betrieb. Er war aber nicht allein unterwegs. Mit ihm fuhren zwei Frauen und Silvio. Jetzt muss Toni die zwei Frauen verhören. Deren Name kennt er noch nicht. Beide arbeiten normal in der Nähe von Sterzing. Monika hat nur eine der Beiden schon in Bozen gesehen. Wahrscheinlich gibt es in Sterzing genug zu tun für die Frauen. Das haben sie bisher nicht ermittelt. Interessant findet sie nur, einen offensichtlichen Austausch bei den Standplätzen bemerkt zu haben. Damit wäre allenfalls bewiesen, es gibt einen landesweiten Ring. Sie ruft bei den Carabinieri an. Die bestätigen ihre Vermutung und beglückwünschen sie zu ihrer späten Erkenntnis.

"Die wissen das schon!", ruft sie per Sprechfunk zu Toni.

"Das war mir klar", antwortet er.

Die Auswertungen des Tee' s sind da. Es gibt Beweise für Spuren von Hannes. Und die sind rechtssicher.

Toni ruft Monika. Monika lässt Hannes mithören. Darauf hin redet Hannes wie eine Musikbox auf Dauerbetrieb. Monika benötigt eine Schreibhilfe. Sie kann dem Wortschwall kaum folgen.

Hannes gesteht, Jolanda den Tee gemixt zu haben. Er gesteht auch, mit Silvio und zwei Frauen in Oberbozen gewesen zu sein. Eigentlich hatten sie das als Alibi geplant. Er hat es getan, als Jolanda mit ihren Jungs zum Essen war. Das hatte auch Manuel indirekt bestätigt. Hannes ist damit der Mörder von Jolanda. Es kommt noch schlimmer.

Soltan hatte bemerkt, welche Summen Hannes bewegt. Und das hatte Soltan sicher auch zu Hause erzählt. Jolanda war voll im Bilde und drohte, Hannes anzuzeigen. Hannes wollte ihr ein Schweigegeld zahlen. Jolanda hat eine Million Euro abgelehnt. Hannes hat feuchte Augen bekommen bei dem Geständnis. Wahrscheinlich hat er nicht mit der Einstellung Jolandas gerechnet. Er gibt auf. Trotzdem gesteht er nicht den Mord an Soltan. Dazu weiß er zu wenig. Er weiß nicht, wie Soltan ermordet wurde. Gestanden hätte er das in der Situation sofort.

"Wir müssen weiter suchen", sagt Toni zu Monika per Funk.

"Naja. Jetzt können wir uns auf Ferenc und Silvio konzentrieren", sagt Monika.

Die Carabinieri von Kurzras sind zu Silvio ins Büro gegangen. Er ist nicht da. Ferenc haben sie verhaftet. Toni versucht jetzt, Silvio anzurufen. Sein Telefon ist abgestellt. Er ruft die Behörde an, damit sein Handy geortet werden kann. Witzigerweise liegt es im Hotel. In seinem Schreibtisch. Sicher hat er noch andere Handys. Bei einer Nachfrage, stellt sich heraus, es gibt noch drei Stück. Jedes bei einem anderen Betreiber. Die lässt Toni natürlich zuerst anpinnen. Zwei Handys reagieren. Die sind eingeschaltet. Also, ruft Toni eines zuerst an. Und, wie kaum erwartet, geht Silvio ran.

"Toni. Wo bist Du?"

"Am Garda. In Sirmione."

"Wir mussten Hannes verhaften. Er ist der Mörder von Jolanda."

"Ist er auch der Mörder von Soltan?"

"Darüber müssen wir noch einmal reden. Wann bist du zurück?"

"Heute Nacht, gegen Elf."

"Treffen wir uns morgen? Wo?"

"Zum Frühstück in Kurzras."

"Alles klar, bis morgen."

Monika hat den Verdacht, Silvio könnte sich verdrücken. Toni denkt das auch. Sie rufen die Autobahnbetreiber an und geben die Fahndung nach Silvio bekannt. An den Landesstraßen ziehen Streifen auf. Am Abzweig zum Schnalstal, positionieren die Carabinieri zwei Streifen. Eine für jede Fahrtrichtung.

Zwischenzeitlich nehmen die Zwei, Ferenc in die Mangel.

"Welche Beteiligung bekommst Du pro vermittelten Mädchen?"

"Keine."

"Also hast du dir den Sportwagen so verdient?"

"Ja. Ich bin Kellner und verdiene reichlich Trinkgeld."

Inzwischen kommt der Kontobericht von Ferenc. Da steht nichts Auffälliges. Eine recht große Abbuchung von einem Autohaus.

"Das Auto hast du vom Konto bezahlt?"

"Ja."

"Ein Viertel des Preises hast du vom Konto abbezahlt?"

"Ja."

"Und den Rest, bezahlst du in Raten?"

"Entweder bar oder teilweise vom Konto."

Die Zwei merken, über das Konto können sie Ferenc nicht nervös machen. Es gibt auch keine ungewöhnlichen Buchungsbelege.

"Wie viele Häuser besitzt deine Familie zu Hause?"

Ferenc sitzt ungerührt da.

"Drei oder vier."

"Jeder sein eigenes."

"Ja."

"Hast du Geschwister?"

"Eine Schwester. Sie ist verheiratet."

Auch dieses Thema macht Ferenc nicht nervös.

Emese war aber zu Hause fleißig. Die hat ihre Behörden eine Zusammenstellung schreiben lassen. Die liegt vor Monika. Ferenc hat keine Ahnung davon.
"Eine Firma hast du zu Hause auch nicht?", fragt Toni.
"Doch. Ich bin Teilhaber einer Disco und eines Busunternehmens."
Ferenc wirkt völlig unberührt. Seine Angaben stimmen mit der Zusammenstellung überein.
Bei dem Verhör muss Toni feststellen, Ferenc ist nicht wirklich etwas vorzuwerfen. Für eine Untersuchungshaft reicht das nicht. Ferenc darf gehen. Toni möchte aber, dass Ferenc sich nicht entfernt. Er ruft umgehend die Grenzbehörden an, um das zu verhindern. Toni vermutet trotzdem eine Beteiligung von Ferenc. Er weiß nur nicht genau, in welchem Zusammenhang. Die Wunden an Soltans Kopf waren hinten. Eigentlich hätte Soltan den Angreifer hören oder sehen müssen. Toni schätzt, er ist abgelenkt und zu Zweit überwältigt worden. Sonst hätte er den Angreifer mit dem nicht zu kleinen Stock, sehen und reagieren können. Es sei denn, er kannte seinen Angreifer sehr gut. Von Kampfspuren war aber weder an Soltan noch in der Umgebung etwas zu sehen. Selbst an Soltans Händen und Armen, hätte eine Abwehrspur zu sehen sein müssen. Nichts.
Alles deutet darauf hin, Soltan ist am See ermordet worden. Wenn nicht, wäre Soltan aber zumindest von zwei Personen bis zum See transportiert und teilweise getragen worden. An keiner Stelle vom See, hätte

Soltan direkt von der Straße in den See geworfen werden können, ohne Spuren in der Umgebung zu hinterlassen.

Von Silvio ist noch Nichts zu hören.

"Sollen wir Carabinieri zu seinem Haus schicken?", fragt er Monika. Monika muss lachen. Der Chef fragt seinen Gehilfen, was er tun soll.

"Das würde ich jetzt tun",sagt Monika zu Toni und gibt ihm ein Küsschen auf die Wange.

Toni ruft noch einmal im Hotel an. Er möchte wissen, ob sich Silvio für heute abgemeldet hat. Er muss ziemlich lange warten. Silvio ist nicht da, sagt die Rezeptionistin. "Ist Alenka da?", will er noch wissen. "Nein?"

"Wir müssen Silvio und Alenka suchen", sagt Toni zu Monika.

Monika gibt das sofort an Sara und Verena zur Weiterleitung.

Die Aufnahmen der Letzten Stunden kommen per Email. Aufnahmen mit Silvio im Auto. Zwei Frauen sitzen bei ihm.

"Der hat's gut", stöhnt Toni. Monika hört das.

"Du bist aber schon bei mir an deiner Grenze."

"Mir fehlt nur etwas Routine und Zeit", antwortet Toni.

"Für den Fall, du hast das irgendwann, habe ich ganz sicher eine Hilfe."

"An wen denkst du da?" Toni wird neugierig.

"An Luise."

"Luise? Die kenne ich noch gar nicht."

"Luise hast du aber schon gesehen. Sie hat Riesentitten."

"Ich kann mich nicht erinnern. Welche Haarfarbe hat Luise?"

"Grau - schwarz. Luise ist unsere Mutterkuh."

Beide lachen. Toni hat die Videodatei geöffnet. Darauf ist Silvio zu sehen. Nicht mit zwei Frauen, sondern mit drei.

Das Telefon klingelt. Die Rezeptionistin der Alpenrast, Silvios Arbeitsplatz, ist dran.

"Silvio hat zwei Tage frei", sagt sie.

Toni und Monika entschließen sich, noch einmal Ferenc zu verhören. Dazu drucken sie die Fotos der Videoaufnahmen aus. Sie wollen wissen, wer die Frauen bei Silvio sind. Sie verabreden sich in der Alpenrast. Vielleicht gibt es noch diverse Hinweise von Frauen und Kollegen Silvios in der Alpenrast.

Sie nehmen sich vor, mit dem Motorrad zu fahren. Auf die Frage, ob sich Monika schon mit dem Scooter traut, erntet Toni eine Absage. Toni versteht das. Die Straße ins Schnalstal ist stellenweise ziemlich gefährlich für Anfänger.

Die Straßen sind trocken. Aber es ziemlich frisch. Gegen Mittag gewinnt die Sonne. Mit der zunehmenden Sonne, geht die Temperatur blitzartig, weit über zehn Grad. Ideal für die Zwei.

In den Tunnels ist es ziemlich frisch. An den Felsen bergaufwärts, liegen reichlich kleine Steine von den vielen Steinschlägen. An den Felsen ist die Straße feucht. Die Sonne erreicht viele Stellen gar nicht. Diese Stellen schimmern vom Frost. Toni fährt sehr vorsichtig mit wenig Gas. An manchen Stellen leuchtet die Antischlupfregelung auf dem Tacho gelb. Nach den engen Passagen am Fels, wirkt Monika bedeutend erleichterter. Langsam wird es heller. Ab Unsere Frau - Madonna ist es bereits taghell. Die Staumauer wirkt wie ein Riesenfels mitten im Tal. Der Imbiss an der Staumauer in Vernagt hat bereits geöffnet. Die Parkplätze sind gut gefüllt. Neben Deutschen und Österreichischen Kennzeichen, entdeckt Toni auch zwei Schwedische. Wahrscheinlich sind das Skifahrer, die gerade auf dem Gletscher trainieren. Die nutzen den Wanderweg um den Stausee zum Laufen.

"Die werden ganz schön geschliffen", sagt Toni zu Monika.

"Dir täte das auch mal gut", antwortet Monika. Sie schielt dabei auf den kleinen Schwimmring um Tonis Bauch.

"Willst du mir etwa meine letzte Manneskraft rauben?", fragt Toni. "Das ist mein Spermaspeicher."

"Ich hab davon noch nichts gemerkt." Monika lacht.

Die Zwei steigen kurz aus, um die gute Luft zu atmen. Toni streckt sich dabei.

"Du willst wohl jetzt bis Kurzras laufen?", fragt Monika.

"Schön wär's", bekommt sie als Antwort.

Toni wirkt etwas eingeschnappt.

Auf dem Parkplatz vorm Hotel ist ziemlich viel Betrieb. An der Seilbahn steht eine Riesenmenge wartender Skifahrer. Die Gondeln sind rappelvoll.

"Wollen wir nach der Vernehmung mal hoch fahren?", fragt Toni. Monika ist begeistert von dem Gedanken. Sie würde gern mal den Gletscher ansehen.

Im Foyer der Alpenrast steht Ferenc. Er wartet auf die Zwei an der Rezeption. Ferenc hat schon einen Tisch decken lassen. Die Frühstücksköchin bringt den Zweien ein ziemlich gut gefülltes Tablett.

"Du bist doch von hier?", fragt Toni.

Rita stellt sich gleich vor.

"Ja. Ich komme aus Karthaus."

"Wie lange arbeitest du schon hier?"

"Zehn Jahre."

"Dann bist du ja schon Hauseigentum", sagt Toni lachend. "Kannst du dich etwas zu uns setzen?"

"Ich bin gerade fertig mit meiner Arbeit. Ich gehe mich nur noch umziehen."

Monika versucht die Quarktorte. "Ein Genuss", stöhnt sie.

"Nimm die zwei Stück. Das ist gut für deinen schönen Hintern", scherzt Toni. Toni liebt diesen herrlichen Prosciutto.

Rita kommt wieder und setzt sich zu den Zweien.

"Wir hätten ein paar Fragen zu Soltan", sagt Toni.

Rita rollt mit den Augen.

"Ein lieber, schöner Mann", sagt sie kurz angebunden, aber recht begeistert.

"Mit ihm hat es richtig Spaß gemacht hier zu arbeiten."
"Warum?"
"Soltan hat mit mir das Trinkgeld geteilt. Von Ferenc sehe ich keinen Cent."
Die Unterhaltung geht noch eine Stunde. Zwischenzeitlich wird neuer Kaffee gebracht. Kein Frühstückskaffee, sondern Capuccino.
"Der Filterkaffee ist jetzt aufgebraucht", sagt Rita.
Bei dem Gespräch über Soltan und Silvio kommt raus, Soltan war bei Silvio nicht besonders beliebt. Dazu offenbart Rita, völlig unbedarft, am Tag des Todes von Soltan, sind die Drei, Silvio, Ferenc und Soltan zusammen weg gefahren. Erst am kommenden Tag hieß es, Soltan wäre tot aufgefunden worden.
"Da hab ich mir schon meine Gedanken gemacht", sagt Rita. Rita war nach dem Bekanntwerden des Todes von Soltan, krank. Das hat sie so schwer mitgenommen. An Arbeit war einfach nicht zu denken. Zwischen den Worten scheint Monika zu spüren, Rita hat Soltan geliebt. 'Die kennt alle Einzelheiten von ihm', denkt sie sich. Ritas Mann arbeitet bei einem Bauunternehmen in Bozen. Er ist nur einen Tag in der Woche zu Hause. Soltan war immer da.
Nach zwei Stunden verabschieden sich die Drei. Toni möchte jetzt Ferenc am Tisch haben.
"Den müssen wir jetzt mitnehmen", sagt Toni zu Monika. Monika ruft die stationären Carabinieri an.

"Keine Sirene", hat sie leise gesagt. Die Carabinieri stehen schon in fünf Minuten am Tisch.

"Führt Ferenc mal bitte durch die Hintertür ab. Mordverdacht. Bringt ihn mir bitte ins Büro in Meran." Petr kommt an den Tisch, begrüßt die Zwei und verabschiedet sie.

"Bist du jetzt der neue Oberkellner?", fragt Toni. Petr lächelt etwas verschmitzt. Toni wertet das als "Ja". Monika hat den Eindruck, die Röcke werden wieder in normaler Länge getragen im Büro. Im Büro sitzt ein älterer Mann. Um die Sechzig, schätzt Toni. Die Sekretärin im ähnlichen Alter, schließt die Tür.

"Die haben jetzt ganz schön zu tun", sagt Monika.

"Das ist nicht unsere Sache", antwortet Toni. Kaum sind sie aus dem Hotel, bemerken sie, wie eine Gondel, Unten ankommt. Sie rennen gegenüber zur Kasse an der Seilbahn. Im Raum stehen immer noch ziemlich viele Skifahrer. Die Zwei hören sämtliche Sprachen Europas. Toni drängt sich vor, zeigt seinen Ausweis und gibt an, sie müssten Oben ermitteln. Darauf hin kommen zwei Männer mit blau - orangenen Winterjacken und begleiten die Zwei zur Seilbahn. Es dauert nicht lange und die Gondel ist voll. Neben den Skifahrern sind reichlich Skier im Aufzug. Toni schützt Monika etwas. Die Ski drücken ihm in den Rücken. Mit Platzangst würde es Toni nicht all zu lange hier aushalten. Vom Lift aus, wirkt Kurzras wie ein Vulkankegel. Hier wird es recht schnell dunkel. Oben angekommen, in der Grawand, wird es wieder

hell. Monika war noch nie hier. Toni auch nicht. Beide wollen kaum glauben, was sie hier sehen. Ein komplettes Hotel mit allen Annehmlichkeiten. Der Anblick des Gletschers wirkt wie ein Riesenstadion. Ganze Slalomkurse sind aufgebaut, auch ein Riesenslalomkurs. Vor jedem Start steht eine Schlange Skifahrer. Im Kurs befindet sich stets ein Sportler. Kleine Schlepplifte bringen sie Fahrer wieder zurück zum Ausgangspunkt. Ein etwas größerer Sessellift steht für die Riesenslalomfahrer zur Verfügung. Eine schwarze Piste ist für die Abfahrer vorgesehen. Toni traut sich nicht einmal, da hinunter zu sehen. Die Zwei beschließen, eine Runde auf dem Plateau zu gehen. Der Ausblick ist atemberaubend.
"Hier gibt es Kaffee", sagt Monika zu Toni.
"Frag mal bitte, was der kostet. Ich bin kein Millionär."
"Den Einen können wir uns schon leisten", beruhigt ihn Monika. "Ich gebe dir einen halben von mir."
"Was? Einen halben Macciato?"
Beide lachen ziemlich ausgelassen. Einige Leute drehen sich um.
"Schau! Peter steht dort!"
"Welcher Peter?", fragt Toni.
"Der Fill Peter. Den kenne ich noch als Gemüsefahrer."
"Du kennst auch halb Südtirol", antwortet Toni.
"Ich sehe gerade die halbe Italienische, alpine Damenmannschaft", sagt Toni.
"Das scheint ein Prominententreff zu sein", spekuliert Monika.

"Davon leben die; wir nicht", antwortet Toni.

"Ich habe gerade Sofia gesehen."

"Meinst du Sofia Goccia?", fragt Monika.

"Ja dort. Sie fährt gerade los." Sofia fährt gerade direkt vom Plateau los.

"Da würde ich nicht mal runter laufen, geschweige, klettern", sagt Toni bewundernd.

Die Zwei haben genug flaniert. Die Arbeit ruft. Es geht wieder abwärts. Monika spürt ein leichtes Kribbeln im Bauch bei der Abfahrt.

Die Rückfahrt zum Büro dauert nicht lange. In knapp einer Stunde sind sie da.

Ferenc wird herein geführt. Das Verhör beginnt.

Ferenc hat offensichtlich seine Kühle verloren. Er macht einen bedeutend aufgewühlteren Eindruck auf die Zwei als vor ein paar Tagen. Nach vielen Vorbereitungsfragen, kommt die Hauptfrage.

"Nach Zeugenaussagen, sind sie mit Silvio und Soltan am Tag seines Todes, ausgefahren."

Ferenc antwortet nicht darauf. Er versucht sich heraus zu winden.

"Wir waren zusammen im Imbiss an der Staumauer."

"Das haben wir überprüft. Das stimmt nicht."

Monika sitzt still da und beobachtet Ferenc.

"Wo wart ihr also?", fragt Toni hart nach.

Ferenc bleibt still.

"Gebt Ferenc mal eine Nacht Bedenkzeit", sagt Toni zu seinen Kollegen. Die führen ihn ab.

"Wir müssen einen Bluff mit Hannes, Emil und Manuel benutzen, um ihn zu überführen."
Monika sieht das auch so.
"Vielleicht täuschen wir ihn mit einem Geständnis von Silvio?"
"Du hast es!"
Zu Hause, auf der Hütte, klingelt das Telefon von Toni.
Silvio ist in Verona verhaftet worden. Am kommenden Tag wird er nach Bozen ausgeliefert.
Monika und Toni lassen sich in Rabland mit dem Auto abholen. Das Wetter ist bescheiden.
Im Büro angekommen, wird Ferenc vorgeführt.
"Wir haben Silvio in Verona verhaftet. Es gibt schon Aussagen und Geständnisse."
Ferenc wirkt unbeeindruckt.
"Wir verhaften dich wegen Mordes an Soltan. Der Zeuge Silvio hat uns das bestätigt."
"Soltan war mein Freund. Ich hätte den nie umbringen können."
"Der hat aber regelmäßig deine Freundin vernascht."
"Das stimmt nicht."
"Die Beweise und die Zeugenaussage reichen uns aber. Verhaften, Kollegen!"
Im Gehen fängt Ferenc an zu jammern.
"Silvio war es. Er hat Soltan von Hinten mit einem Stock erschlagen."
"Und du?" Toni fragt jetzt im "Du".
"Ich wollte Soltan dazu überreden, die Abrechnung vom Trinkgeld mir zu übergeben."

"Und das hat er abgelehnt?"

"Ja."

"War das Trinkgeld vom Strich mit dabei?"

"Soltan wollte das zusammen abrechnen und gerecht verteilen. Er hat bemerkt, dass ein Großteil des eingenommenen Geldes an Hannes, Silvio und deren Freunde geht."

"Mehr nicht?"

"Soltan hat bemerkt, die anderen Hoteliers machen mit Silvio und Hannes gemeinsame Sache. Er wollte das anzeigen."

"Du bist aber jetzt mindestens Mitwisser und, wir müssen das noch prüfen, Mittäter."

"Silvio hat mich erpresst. Wenn ich nicht das Maul halte, schickt er mich nach Hause."

"Dann wärst du aber trotzdem Mitwisser. Glaubst du, er hätte dich so gehen lassen?"

"Nein. Das war auch meine Angst."

"Wir werden dich zu deinen Beamten nach Ungarn geben. Dort bist du in Sicherheit."

"Sicherheit ist gut gesagt. Ich glaube das nicht."

"Das ist dann Sache deiner Freunde. Danke trotzdem."

Die Zwei fahren jetzt nach Bozen ins Büro. Dort wartet sicher schon Silvio in Handschellen.

Wie sie es geahnt haben. Silvio sitzt am Tisch. Alle Mikrofone sind eingeschaltet.

Toni begrüßt den Gefangenen.

"Ferenc hat die Schuld abgewiesen und gesagt, du warst es."

"An seiner Stelle würde ich das auch tun."

"Ferenc ist aber nicht der Einzige, der gegen dich aussagt."

"Wir waren nur zu Dritt am See."

"Naja. Da wäre noch Hannes und einige Frauen."

"Hannes?"

"Ja. Du hast zu Hannes gesagt, du hättest das mit Soltan endgültig geklärt."

"Der Hannes will doch nur von seinem Mord ablenken."

"Woher kennst du die Zusammenhänge um Jolanda?"

"Hannes hat es mir erzählt."

"Also. Das ist für mich ein Geständnis. Ihr habt Jolanda und Soltan ermordet. Hannes konntest du nicht mehr treffen nach seinem Geständnis."

"Der Soltan hat uns erpresst."

"Nach meinen Erkenntnissen nicht. Haben das die anderen Hoteliers auch gewusst?"

"Nein. Das haben wir unter uns geklärt."

"Was ist mit Darek und Jolka?"

"Die haben uns auch bestohlen."

"Wie bestohlen?"

"Wir haben Prozente für jeden Beteiligten ausgemacht."

"Und? Habt ihr die auch bezahlt?"

"Ja, sicher!"

"Wir wissen das anders. Ihr habt Luca das Geld stehlen lassen. Und das hat Soltan bemerkt."

"Woher willst du das wissen, Toni?"

"Ganz einfach. Luca hat gestanden. Jolanda hatte mir schon alles erzählt, aber ohne Protokoll, jedoch mit Aufnahme. Dazu deine Kontenbewegungen und die deiner Freunde. Du kannst gestehen; das gibt Milderung oder wir beweisen dir das Gegenteil."

"Ich brauche eine Nacht zum Nachdenken."

"Denke nicht zu lange nach. Mit Darek und Jolka haben wir so viele Zeugen, die dich sehr schwer belasten."

"Soltan wollte kein Geld. Er wollte den Frauen Alles geben. Wir wären leer ausgegangen. Hannes hätte Schulden gehabt und ich auch."

"Hannes hat bei den Frauen noch einmal extra kassiert."

"Das haben wir uns geteilt. Er war mir das schuldig. Ich habe ihm die Häuser vermittelt."

"Darf ich das als Geständnis werten?"

"Ja."

Nachwort/Vorschau

Liebe Leser,

mein kommendes Buch wird
eine Novelle.
"Die Saisonpause"
In dieser Novelle beschreibe ich Ihnen,
wie Saisonkräfte
die Zeit zwischen den Saisons
verbringen.
Auszüge dieser Novelle
bringe ich wie immer
auf
meinen Blogs:
Der Saisonkoch - com
und
Der Saisonkoch - Blog

Als Ebook im PDF-Format
sind ab Januar
alle Bücher
auf dem
Der Saisonkoch - Blog erhältlich

KhBeyer

© 2021 Kh Beyer
Herstellung und Verlag: BoD – Books on Demand,
Norderstedt
ISBN: 9783752623307